梦舞墨城

萧惟丹 著

山东文艺出版社

目录 /

1 壹 / 放荡不羁
颓败生活中英雄梦想难以幸存,那久远的舞蹈的梦更是已随某阵寒风逝去,破碎却不留痕迹。

19 贰 / 魂牵梦绕
我的手触到了长长的木质把杆,触到了带着细尘的白色窗台,触到了落地镜中自己的脸,像许多年前来到舞蹈房一样,原来热情被掩埋在深处,却从未削减。

42 叁 / 初来乍到
此女命格乾坤倒置,凶吉难卜,恐命克其亲难以避免。然其力非凡,墨国咸宁,不可或缺。

88 肆 / 铤而走险
我们永远无法拖住生命长河的尾巴,就像我总要面对一些事情。
已是半夜,冷冷的月光安静地铺在我的床头,紧张又激动的我,在床上翻来覆去,丝毫没有睡意。

112 伍 / 节外生枝
"走了。"灵煦说着,开始往外走,"背对着是永远解决不了问题的,你得转过身来,面对它。"

146　陆　/　绝处逢生

　　我故意问:"那你后悔在那遇到我吗?"
　　"悔得肠子都青了!"她故作夸张地说。可我分明读到她的眼睛在说:不后悔。

188　柒　/　祸福相依

　　"不是所有镜子都明澈如水。明辨是非真假,无所畏惧,方能得己欲求之物。"

213　捌　/　载誉凯旋

　　夜很静,只有微微海风呢喃,海浪轻轻拍打岸边的礁石。她的声音连同她的身影,一起消失在夜空里。

226　玖　/　赤胆忠心

　　他的眼神变得十分坚定:"等战争一结束,我们就一起离开这儿吧,去你原来所在的世界。"我看到他的眼睛里闪着光芒。

260　拾　/　如真似幻

　　她怎能理解所有现实一瞬间变成泡沫的痛楚与懊悔……尤其是在……成为"无限荣耀"的逃兵之后。

265　终　章

　　谁也不能预知未来的路,这比战争还要可怕得多。
　　不,或者说,自己生活着,本身就是一场未知结果的战争。

壹 / 放荡不羁

颓败生活中英雄梦想难以幸存,那久远的舞蹈的梦更是已随某阵寒风逝去,破碎却不留痕迹。

"快,麻利点!老师该来了。"

"先把书包扔出来……"

天阴沉沉地压下来,空气中充斥着泥土的颜色,憋得人们觉得呼吸都是奢侈的。文圣中学草丛深处的栏杆旁塞塞窣窣,几个身影在其中若隐若现,一会儿又消失不见,在一阵闷热躁动的风来临之后,草丛又重新变回静谧美好的样子,像是一切从未发生过。

——是草丛深处那从来无人问津的幽邃,为我们打了个大大的掩护……

"这次唐糖请客。"对面两个男生嬉皮笑脸地说,身上散发出淡淡的烟草味道。

逃出学校后,空气都新鲜了不少。我答应着,恣意伸了个懒腰,与他们一同脱离这个牢笼的不休纠缠。

我认了假小子的命,每天跟在一群学习差劲的男孩子后面胡作非为。夏天在女孩子的笔盒里做昆虫实验,冬天往同伴衣领里塞雪球,上课抽同桌板凳,晚上偷偷拔掉隔壁班自称老大的男生的自行车气门芯,都是我过去玩倦了的把戏。久而久之,我和几个调皮男孩大摇大摆走在放学路上,方圆两米自动清场,有点像古惑仔，但不是古惑仔，因为那些已经过气很久。

是山大王，如假包换。

穹顶最终没能裹住初夏的雨。冰凉的水滴带着泥土味儿冲刷着整个城市。行人匆匆走过，脚下溅起无数积水。猛烈的雨势让我们措手不及，只好狼狈地窜回学校，不必说，此刻我的心情就像这天气一样糟。不巧碰到下课，过道上比肩接踵，我一路骂骂咧咧地挤回了教室。

"唐糖，出去也不说一声，害我到处找。"余可然着急地说。

余可然是我唯一一个女生朋友，学习偏好，遇事说一不二，是个正常人类。我们成为朋友的原因很简单，我打不过她。

她没有练过忍术、太极，也不是跆拳道黑带，更不能胸口碎大石。她仅仅有一双黑亮眼睛，一切也全因了那眼睛。你见过黑洞吗？反正我没见过，但看她的眼睛时，我便是茫茫宇宙中漂浮的一粒沙，被非同寻常的引力召唤，黑洞就在我面前。她眼里有缥缈繁星，我也只好卑微到尘埃里。

"我这不是回来了嘛。"我尽量不去看她的眼睛。

话音未落，班长就凑过来，说："回来就好，林老师找你。"

"你不能安稳地学会儿习吗，唐糖？看你一副放荡不羁的模样，我都替你爸妈心寒！"林老师铁青着脸，紧盯我。

"他们心寒？"我的反问让老师没了言语。

心寒的是我吧？我想。

我不怕老师拿处分威胁我，老师们也没那闲工夫在我身上耗时间。谁不知道呢，唐糖的爸妈就跟蒸汽人儿似的，从没露过面。一次我差点被劝退,办退学手续那天,主任、老师坐在办公室泡了一上午普洱茶,愣是没等到唐糖家长。从那以后我越来越无法无天,包括此刻,哪怕老师把刀刃儿架在我脖子上,我也只会像谭嗣同那样叫声"快哉,快哉"。

我对老师的"谆谆教导"没有半点感触,只是感觉昏昏欲睡,默默祈祷老师下次换个新鲜一点的说辞。

回到班里,两个男生迎面而来,问:"怎么样?林老师说什么没有?"

这就是我的死党——

左边的男生叫司雨舜,与生俱来的"玩世不恭"的气息从他的每一个毛孔里溢出,一头偏棕色的头发,一米八多的个子,穿着倒很体面,人模狗样;右边的是孙哲,首先进入视线的就是遮住一半脸的大眼镜框,细细地看,会发现他脸上有一两颗青春痘,不过无伤大雅,一眼看去文质彬彬的男孩,你才不知道他心里沉睡着多少只魔兽……不管怎样,大家现在都是处在那个引得大叔大妈频频回首留恋的"最好的年纪"里,更加幸运的是,这其中也包括我。

面前的他们都眼巴巴地看着我,我耸耸肩说:"还能说什么,老样子呗。"

他们如释重负,极其默契地露出一种不正派的笑,很不正派。

"楼下出事了,快去瞧瞧!"正当我们聊天的时候,有同学突然喊道。

我一下子来了兴趣，拽起余可然就往楼下跑。司雨舜、孙哲紧随其后。

果然，在学校单调乏味的环境中，觉得生活枯燥厌烦的人们，其好奇心实在不可小觑，等我们火速赶到时，人早已里里外外站了好几层。大家个个都像鲁迅小说里的麻木围观的小市民。看热闹是不花钱的。

挤到人墙前面，定睛一看，原来是我们学部那个出了名的"富二代"——蔡子天。关于他蛮横霸道的传言可谓四月里的柳絮——到哪都是，今天荣幸见识一次。蔡子天正用那肥胖的手拽着一个小男生的领子大骂，而小男生结结巴巴地解释着什么，看样子吓坏了。

我仔细一瞧，那男生我见过，比我们低一级，人挺老实，看衣着，家里大概不算富裕，以前在一起参加社团活动的时候曾帮我买过水，也算是欠他个人情。

从蔡子天那气急败坏的骂声中，我听明白了：小男生只顾低头看书，不小心踩脏了蔡子天脚上的名牌鞋，蔡子天嚷着要小男生赔。

多大的人了，还为这点小事计较，我心里不屑。自己最看不起这种借家中背景飞扬跋扈的人，一心想冲进去帮小男生解围，余可然拉了拉我，示意我多一事不如少一事。我想了想，也罢，反正不关自己什么事。

谁知蔡子天得寸进尺，狠狠地推了那小男生一把，小男生一下子跌坐在地上，紧咬嘴唇，眼睛充血，通红通红的。我一时没忍住，在人群中骂道："欺负人算他娘什么本事？"

蔡子天回头看我，撇了撇嘴说："怎么？想管闲事？"

我上前扫了他一眼，接着盯着他的衬衣皱起眉，说："衣服真不错……"那男生刚露出得意又不屑的笑，我又继续说，"可是，里面的不好。"

"短袖？这可是国际名牌，好几千呢，不识货就别瞎扯。"蔡子天最见不得别人说他不好，立马反驳我。

"不，还往里。"我笑了笑，指着他的胸口说。

"你……"蔡子天过了几秒才反应过来，于是恼羞成怒，像被激怒的公牛一样，弓腰低头向我撞来，我一躲，无奈地看着他笨拙的身子硬生生地扑了个嘴啃泥。

像他这种"温室里的花骨朵"，还不如我一个女生有能耐，浑身上下没有一处结实地方，再加上我平日在学校栅栏上常"锻炼"，人还没打着，就把他累了个够呛，此刻他那臃肿的身躯与气喘吁吁的样子真是好生协调。这种滑稽的场面没持续多久，他又恶狠狠地扑来，然后，时间好像被抽去了一秒，就一秒，哪里好像变得不对劲。

"哎哟——"他竟坐在地上，痛苦的表情浮现在他的眉心、眼角、两颊、鼻翼还有肥厚的嘴唇上，五官几乎拧到了一起，像油画调色板里的染料，不分明了。他的双手捂住脚踝，脚踝动弹不得，嘴里的脏话却一刻没停下，犹如江水，滚滚而来。

我心里估量他定是扭到了脚，若不赶紧离开，过会儿被老师逮个"现行"，我也没有好果子吃，只好就此作罢，轻蔑地瞥他一眼，然后径直走开。

走出人群，我拍着身上的灰土，听见耳边余可然的唠叨：

"让你别多事,你偏不听,打架可是违反校规,又惹事了不是。"

"违反校规"这四个字,对于我来说再熟悉不过,何止是这次,逃学、顶撞老师、去网吧、喝酒……我干过的事,哪条不是"违反校规"?这校规就像个空口号,"狼来了"的故事听多了,就再也不怕有人喊"狼"了。但是这次,被戴上"违反校规"的帽子,总觉得有点亏。

我对她说:"哪能叫违反校规啊,我可是见义勇为。再说,我又没动手,真追究起来,也应是蔡子天的责任。走吧,没事的。"

"得,你又不是不知道他爸妈是做什么的。不管你动没动手,只要他受了伤,到时候老师不会听你分辩。"余可然好像认定了这事儿。

夜色给学校笼上了一层浓浓的黑纱,无尽而广阔的黑,使密集的空气不停辗转、翻腾,像是一场深邃的梦境,在我的头顶盘旋。生硬的下课铃还在教室不断冲击着同学们的耳膜,我已经第一个冲出教室来到宿舍。

宿舍内空无一人,周围一切都像死去了的怪物,只有玻璃窗夹缝中的冷风在呜咽诉说。我被突然响起的手机铃声吓了个激灵,手一抖差点把手机掉到地上。一看,原来是我妈。这与死神召唤并无两样。

我犹豫再三,终于摁下接听键。

"唐糖,怎么这么久才接电话?妈妈告诉你个好消息,今天我们公司又接了个大单,这下我们又可以赚一大笔钱了……"

这么多年过去了,她依旧没从钱眼儿里爬出来。我不想多听她的商业经:"你给我打电话,就为了说这些?"

妈妈听出我的不耐烦,怕我挂电话,话锋一转:"唐糖你去学舞蹈吧,考艺。"我庆幸此刻还未将刚打开的饮料灌进嘴,否则床单又要重新洗了。她听不到我的回应,以为信号不好,于是更大声地重复了两遍。句句刺耳,字字扎心。

电话里还在继续咕咕哝哝说些什么,我不再听下去,有些惶恐地慌忙挂掉电话。

我喘着粗气,好像刚刚登过珠穆朗玛峰,或者恰好结束了一场马拉松比赛,心里乱成麻。

躺在床上,辗转难眠。

舞蹈——

我下意识地长叹一声。这两个字是细长无情的银针,一点一点为我剔出那些陈年往事,哪管血肉模糊。

事情已经过去很久很久,差不多是在我还没有成为十恶不赦的"山大王"前,在爸妈还没被卑劣的金钱欲望操控前,我有一头黑直的长发、一件淡粉色的蓬蓬裙和一双美丽至极的红舞鞋。我也可以在舞蹈房的地毯上毫无顾忌地跳舞,昂首挺胸做舞蹈队的佼佼者。就像所有童话的结局都是"从此公主和王子幸福地生活在一起"一样,我人生未来的康庄大道可能是一片光明,可偏偏,一切都偏离了生活轨道,我现在生活得如同行尸走肉,远不如一只肮脏丑陋的臭老鼠。老鼠至少还知道每天要为自己偷偷攒下几粒米,而我想要的是什么呢?

历史总是向前,我夹杂其中成为浩瀚江河里的一滴,被动地翻腾跌宕。颓败生活中英雄梦想难以幸存,那久远的舞蹈的梦更是早已随着某阵寒风逝去,破碎却不留痕迹……

昨夜没有睡好,我今天不住地打瞌睡,蔫蔫地坐在课桌前,听老师讲那些发音古怪的英语单词,心里却还在想着舞蹈。

此刻,我究竟在踌躇什么?是不甘吗?

踏着下课铃迈出教室,有意无意地任双腿带我路过舞蹈房。

"一二三四,二二三四……"一群和我一般大的女生,和着节拍练习舞蹈,动作有板有眼又不失柔美。舞着的女孩们透出一种独特的气质,与同龄人的叛逆性格产生强烈反差。她们很不一样。我能想象她们在聚光灯下的陶醉。

我被这里深深迷住,忘了前行。

就这样,我不知站在舞蹈房门口多少次,却一直没有勇气踏入。我是个邋邋遢遢的人,没有资格与她们共舞。这样想着,突然觉得自己太没用。

刚结束了舞蹈课的余可然突然冒出来问:"你在这做什么呀?"她的眼睛眨巴眨巴,盯得我发慌。

我在这做什么?

"没……没什么,随便看看。"我含糊其辞。

"随便看看?不是吧。难道……你也想进舞蹈队,硬汉?"她把胳膊搭在我肩上,仰头笑的时候我好像都能看到她上方的空气不住搅动。

"扯淡!"我立刻矢口否认。

"开个玩笑。走,我请你喝奶茶!"余可然拉我离开。

我忍不住回头往舞蹈房看一眼。那里好像生了一根细细长长的线,悄悄牵住我。

得了,你还是只会翻墙逃学的假小子,还是原来那样更洒脱,我想。

夏日的风里混着闷热,成排的梧桐树上,还有永不停歇的蝉鸣,路边总有些穿着干净、带着阳光味道的男孩女孩骑着单车,或者徒步穿梭在树荫下的人行道上,与炎炎烈日玩着躲猫猫。

"唐糖!唐糖!"司雨舜跟跄着跑了过来。

余可然瞥他一眼:"怎么哪儿都有你啊?"

"不是到处都有我,是到处都有林老师。"司雨舜苦笑着说。

"林老师?"我突然仰起头,说,"我又做错了什么?"

余可然在旁冷笑一声:"肯定是你昨天打架被告发了呗!"

"这算啥事!"我摆摆手。

"你不得不承认,有些事情并不那么简单!受伤的不是一般人,是蔡子天。"余可然一脸正经。

"听说蔡子天的脚踝是有旧伤的,唐糖,你可摊上事了。"司雨舜接话。

少爷家还真矫情,哪儿都是毛病,我想。"我天不怕地不怕的唐糖,还能怕个虾兵蟹将的林老师不成?"我话说完,见大家脸色不太对,"怎么啦?"

这时,后面突然有人拍了一下我的肩膀,我一回头,碰到的竟是林老师那犀利的目光。

林老师笑里藏刀，而且是冲我而来的尖刀，她抢先说："走吧，虾兵蟹将来请你了。"

"老，老师好……"我笑得尴尬极了，只得跟在林老师屁股后面。

一转眼就到了林老师办公室，开门就是一阵冷风——办公室的空调总是开得很低。办公室里总是极其安静的，我甚至能够感觉到四周刷得雪白的墙壁也在对我说不。

办公室里，林老师瞪着两只圆滚滚的眼睛，目光不离我左右。

林老师话还没说一句，就先冷冷一笑，这一笑就先给我来了个下马威。我打了个寒战。

"唐糖，你最近是不是觉得没什么事可做啊？"

我说："不啊。"

"那你昨天干什么了？"林老师咄咄逼人。

林老师肯定早就知道了，"明知故问"四个字现在就写在她脸上。

"林老师，当时是蔡子天他以大欺小在先，让人实在看不下去，我才……"

"你才怎么样？才出手打人？你说你还有没有点女生样子？净干些违反校规的事！"老师抢过话。

"已经说过了，是他先以大欺小。还有一点您要搞清楚了，我没有出手打人，是他自己伤到的。"我实在是听不下去，反驳了几句。

"你还有理了？人家爸爸都找上门了，你说该怎么办？人家可是有脸面的人，这事要弄砸了，不光是你的事，你还会连累其他人，你知道吗？你应该认识到事情的严重性。"

我算是听明白了，刚刚云里雾里地跟我兜了那么多圈，把我说得一无是处，敢情还是因为人家家里有钱有势。我虽说不是做了什么可歌可泣的好事，却也不至于跟杀人放火一般吧。哪会连累什么"其他人"？林老师口中的"其他人"不过就是她自己罢了。

林老师平日里为人师表，成天教我们怎么做人，最后还不是因为自己的"饭碗"，而把从前向我们夸夸其谈时的道理都抛之脑后，说白了，就是怕上级找她的麻烦。

谁有钱，就得可劲儿巴结谁，不过就是这么个理儿。人们都这样，时间一久也就不足为奇了。

蔡子天家是出了名的大户——不然也不会被我知晓，据说还是我们这所民办学校的股东，跟校长和老师们的关系肯定不一般，最起码是那种走后门走得光明正大，没人敢出来说一个"不"字的。

我听老师说了一箩筐，脑子里却想着自己的理论。林老师见我不为所动，最后也像泄了气，说："其实说实话，我也觉得你没有多大错，可是……"

她欲言又止断断续续说了很多，一会儿说是我的不是，一会儿又说是蔡子天的不是……我站在那里一动不动着实难受，就把身体重心一会儿转到左脚上，一会儿又转到右脚上，看头顶上那只"嗡嗡"叫的苍蝇，飞过来，又飞回去，最后落在林老师的椅子靠背上。

  林老师清了清嗓子,我以为林老师终于罢休,正满怀期待地等她说出那句"你先回去吧",没想到林老师却抬起手来看了看表,来了句:"等会儿你跟我去校长室见蔡子天的家长,到了那你别惹事!"

  来到校长办公室,林老师小心翼翼地敲了三下门,好像她怎么敲门都会关系到这件事似的。
  里面只有校长。
  林老师毕恭毕敬地说着客套话,我在后面很自然地接了句:"校长好!"
  校长这才把眼光从自己的办公材料上移过来,透过眼镜的上方看了看我和林老师。
  校长简单地问了一下情况,然后对我和林老师说了句:"到时候你们好好跟人家解释。"
  我倒是没什么,林老师却像长了虱子似的浑身不自在,点头哈腰请校长消气。校长抬头看了看墙上的表,蔡子天与他家长似乎是超过了约定的时间,校长没有一句责怪,继续耐心地等着。
  "吱啦——"门开了,没有敲门。
  蔡子天瘸着走了进来,一脚深一脚浅,像进自己家一样,一屁股就坐在了沙发一端。校长看了,不但没生气,竟还对他笑了笑,问他伤好了没。蔡子天倒不客气,一扭头,说:"您眼睛没事儿吧?我伤得这么重。"

"哟，那要少活动、多静养才行。"

刚刚我跟林老师一直在旁边等，别说坐了，就是站着还悬着颗心，想到这，打心底里发酸。

蔡子天身后跟着一位西装革履的大肚子男人，头发是很标准的"地中海"，我盯着他的头发好久，强忍着不笑出声来。这应该是蔡子天的爸爸了。

校长见这男人来了，连忙走过来，脸像上了发条似的，变得可倒快，笑着请那男人坐下，从来也没见他这般灿烂。"蔡董，快请坐，请坐……"校长忙不迭地说着，一面去倒茶。

那男人板着脸毫不客气地坐下了。

"那你说这事该怎么办？"那男人点了支烟，弄得满屋子乌烟瘴气，我憋不住干咳了好几声。

"这事是唐糖做得不对，是她不应该出手打人。她平常就没大没小，违反纪律不是一次两次的事了，学习又不认真。"林老师先劈头盖脸把我批了一顿，新账老账一起跟我算了起来。

"是啊，我早就听说这孩子不服管教，是得好好给她点处罚。"校长也跟着说。

"我没有出手打人！"他们根本没人理会我的辩解，只顾你一言我一语地批斗。

我找不到机会说话，只好在一旁感受着他们两个把我刻画得极富戏剧性的形象。倘只听他们的描述，还以为我是当过弼马温的那猴儿。

那男人一副高高在上的样子，一言不发地听着林老师和校长数落我的不是，深深吸一口烟，又慢慢吐出烟圈。等林老师和校长把我的缺点絮叨了好多遍后，那男人才开口说话："我只问你们该怎么办！"

"这……您说该怎么办才好？"校长吞吞吐吐。

林老师突然冒出一句："您儿子受伤了？严重吗？"

"废话！她出手那么重！"刚刚在旁边玩手机的蔡子天突然大声说。

"喂！你瞪着眼说什么瞎话呢！明明就是你自个儿扑空摔倒的。"我实话实说，才不管他是谁呢。

"是那小子先踩脏了我的鞋的！再说了，我要他赔，关你屁事！"他理直气壮，好像句句都有道理。

"他赔得起吗？你以为每个人都像你一样'富二代'吗？笑话！"我被他这么一说更不服气了。

"他弄脏了就得赔！你管不着！"他大叫。

"你怎么这么不讲理，有钱就了不起吗？有钱人家就是这样没有家教吗？"我也跟着把声音提高了好多。

这下可是惹恼了所有人。

"唐糖，你想干什么？"眼看我们两个就要打起来，林老师在旁呵斥道。

我心里那叫一个不痛快。

"野孩子！真是没教养！校长，这样的学生你们还容忍吗？"蔡子天的爸爸生气地说。

"成何体统！"校长也生气了。

"一群见钱眼开的人！真他妈恶心！有钱很了不起吗？不就

是开除吗？这学我还不稀罕上了呢！"我实在忍不住，便摔门离开了。

"这是怎么了？"余可然见我气势汹汹的样子，赶忙过来问。

我咬着牙没说话。

这时，司雨舜、孙哲也凑了过来。

"怎么了？"司雨舜小心翼翼地说，好像生怕把我这颗炸弹弄起火星。

"他们不相信我的话。这学我也上够了。"我无所谓似的说。

"什么？"他们诧异。

"叫什么？反正在这儿也学不好。"我强压着心里的委屈。

"我们还要问你呢，你这是干什么？"司雨舜好像生气了，他的目光炽热灼烧，我感觉得到。

"谁允许你不上了？"司雨舜又低吼。这种声音，是我在嘻嘻哈哈的司雨舜面前从没有听过的。

我没说话。其实装着一肚子沉甸甸的苦水。没法说。说了多没面子。

这实在是件荒诞莽撞的事，但自己还是这样做了，在这样的年纪里，没有什么比我们口中的"尊严"更被我们宝贝。我盯着自己的书包，手里一直收拾着东西，尽管他们就在我一米之内的距离，却也不敢面对。

"你就这样毫无意义地离开学校？你这是在跟老师赌气，还是在跟自己的未来赌气？"我从司雨舜身边经过，他却一把拽住我。从没有人敢这样对我发脾气。

"开什么玩笑,我他妈哪有什么未来?你看我每天趴在那儿睡觉,像是有未来的样子吗?"我抑不住胸中羞恼,眼泪却不觉流下来。对所有事都毫不在乎的唐糖,现在好像连自己也讨厌。

我硬着头皮再次迈开步子,身后的余可然扯住我的衣角:"你敢走!"我微微一惊,回过头去,她的通红的眼睛被泪水模糊。我用力盯着她的眼睛,其中不再有繁星闪烁,却好像使我失足坠入了漩涡。

正当所有都混乱得不成样子,林老师突然冲进班里,说:"唐糖,唐糖,别走。"她抓住我的胳膊。

林老师竟站到了我这边,放下所有顾虑,站到了我这边。或许,理性会给被蒙蔽的双眼一个机会,给真相一个机会。所有的人都愣在那儿,林老师又说:"唐糖别走,别怕,孩子,都由我来解决,我相信你的话。刚刚老师错了,对不起。"

我呆站在原地,看着方才让我留下的朋友们,很久,把地上的书收拾回桌洞,不走了。

孙哲欣慰地笑了笑。余可然擦了把眼泪说:"唐糖,以后你不要这样子了……"我答应着,看到司雨舜一言不发地走了出去。我盯着他,一直看到他的背影消失在拐角处,我很难猜透他现在的心情。

我应该让我的朋友们很失望吧。

他们印象中的唐糖从来没有像今天一样懦弱。

后来,林老师又找了我,说是代替校长向我道歉,我心平气和地听老师说了很多,却一句也记不起,除了那句:"你不会被开除。"

"我也没想走啊。"我很自然地说了句。

经过了那天的事后,我越来越觉得司雨舜真的是个很好的朋友,不在于他的家庭是否富有,甚至不在于他的成绩好坏。在我即将迈向错误时,把我拉回来的朋友,我会报以深深的感激。

这件事发生后,我再也没有想过退学,不为别的,就是为了我的朋友们,也为了我的将来。

他们说过的话,我会记得,埋在心的最深处。

这次事情得以平息,全部归功于我平常所谓的那群"狐朋狗友"。而也正是因为他们没有让我退学,才有了我后面的故事。

贰 / 魂牵梦绕

我的手触到了长长的木质把杆，触到了带着细尘的白色窗台，触到了落地镜中自己的脸，像许多年前来到舞蹈房一样，原来热情被掩埋在深处，却从未削减。

窗外的风景好像没有半点变化，我还会偶尔走过舞蹈房，听听里面传出的清亮节拍声。随着时间推移，蠢蠢欲动的心再也不肯安稳。

"喂，孙哲。"我拿着筷子敲了敲他面前的餐盘，声音很响很脆。他推推眼镜，第五次质疑这些港式菜里有没有被我下药。

半个小时前，我与孙哲、司雨舜再次安全地翻出了学校。再这样下去，我觉得自己都能与蜘蛛侠媲美了。这学校的保安工作实在太烂。

"我说唐糖，你捡钱了？"司雨舜晃了晃旁边的啤酒瓶，又扫了一眼面前的大盘小盘，倒是对我为什么这么大方地请客大惑不解。

我懒得理他，自顾自说："我想考艺术，你们觉得咋样？"

司雨舜头也不抬："好啊，没想到你还会唱歌，还是去画画？也挺好，陶冶情操，你就是浮躁了些。"说着，试毒似的把一块牛肉放进嘴里。

"谁说我去唱歌画画，我的意思是，舞蹈。"

他灌了整整两大杯凉白开才把噎在喉咙里的饭咽下去，接着张嘴第一句话是："你确定不是武术？"

我恨不得他再噎上十天八天。

"你能行？"店里的灯光很暗，被吸到四周带有深色木纹的墙上，昏昏沉沉，孙哲的声音就像是从很远的地方飘来，"那些苦，你受得了？怎会突然想去做这个？"

我被他问得一怔，自己到底是真的喜欢，还是想给爸妈证明我不是白吃饭的，或者，是想在这样陌生的季节里让自己回忆，我还有那样出类拔萃的过去？倘若爸妈没有像现在一样每天把自己埋进公司的事务里，和无数钱包里躺着钞票的客户打无休止的拉锯战，也许我会出落成一个大方优秀的姑娘，学习名列前茅，能跳好看的舞，会被所有长辈夸赞：瞧这孩子多有出息。

也许呢。

"有时候啊，人就得做些改变，才能走得更远。"含着筷子的孙哲是这样说的。

舞蹈房里的大镜子和木质把杆有一种神奇的魔力，吸引着我的目光，我的脚步，我的思绪。窗外的爬山虎长得多而密，像一片绿色的火，一路烧过去。阳光打进玻璃窗里，像金色的细尘，昨天的阳光也是这样子，静静地看着随音乐舞动的女孩们。

我仍是经常有意无意地路过这儿，有意无意地停下来，有意无意地感受着里面的节拍，作为局外人。我还没有足够的勇气踏进这扇门。门里是另一个世界。

"这位同学。"我抬头寻觅声音的源头，一双磨得发白的黑色舞蹈鞋，一条带金边的舞蹈裤带着隐隐约约的褶儿，一件紧身短袖，把身材的线条勾勒得精细，黑色头发被高高盘起，耳边垂下几丝碎发，还有一双乌黑而明亮的大眼睛，闪着光似的，好看极了。她就是舞蹈老师，我认得出。

我愣住了，两秒之后，见她又要开口说话，才突然回过神来，像小时候做错事被大人发现一样，红着脸想要跑。

"等一下，同学。"她的手轻轻抓住了我的胳膊，我却浑身动弹不得，冷汗从每个毛孔里渗出，"你叫什么名字？"

"唐糖。"我怯生生地把目光移向她后面的几块大理石地板砖，像是干了啥见不得人的事。

"你好啊，我姓叶，叫我叶老师或者叶姐吧。"她的眼弯成一轮月牙，"你有兴趣加入舞蹈队？"

我边摆手边摇头："不不不，没有没有。"

叶老师的眼睛弯得更厉害了，想了想只说了句："常来玩。"

我紧张得心好像要跳出来，直到叶老师的背影消失在门里。我在原地站了一会儿，想想刚才发生的事，一阵窃喜。

单音节的下课铃格外悦耳，胜过古往今来所有音乐家奏出的乐曲。舞蹈房里的女孩们还没结束排练，我又一次做贼似的靠近舞蹈房，这倒有点像清末吸鸦片的人，不解瘾，就浑身别扭难受。

这次，大老远就见叶老师站在门口，朝我招手。

"又来啦？"她亲切的问候却让我有些局促。

她不等我回答，就把一小串钥匙交到我手上，说："我这几天家里有点事，怕是不能按时给舞蹈房开门，不知能不能麻烦你……"

"不麻烦，不麻烦，包在我身上。"我赶忙收下钥匙。

她揉了揉我的头发，顺势把手搭在我肩上："谢谢啦！"

得到钥匙的我如获至宝，第二天一大早就起来，提前了二十分钟给舞蹈房开门。像海盗打开寻到的宝箱一样，偌大的舞蹈房一点一点展现在我眼前，我忍不住多望了几眼，才恋恋不舍地离开。

今天是今年班里第一次开风扇，扇翼呼啦啦地搅动着被甩到空气中的灰尘，下面的同学呛得咳嗽不断，讲台上的物理老师面不改色，继续讲着牛顿和伽利略的丰功伟绩。我趴在靠窗的桌子上，几根指头夹着笔转来转去，口袋里还躺着舞蹈房的钥匙，小心思像沸水中的水泡，咕嘟咕嘟。

一晃眼我就站在了舞蹈房外。放学后教学楼里的人早已散得差不多，我找借口甩掉余可然后只身来到这儿。手扶在门把手上，果然，门锁着，训练已经结束了。

我偷偷摸摸地拿出钥匙，心跳的声音格外清晰。钥匙缓缓探进锁孔，轻轻一转——锁开了。我几乎屏住了呼吸，神圣而庄重地推开舞蹈房沉重的木门，小心翼翼抬起左脚，迈出了进入舞蹈房的第一步。

木地板发出沉闷的回响。

强烈的满足感和归属感像涨潮时的海浪，袭上心头。第二步、第三步……一步步越发坚定，越发坦荡。我的手触到了长长的木质把杆，触到了带着细尘的白色窗台，触到了落地镜中自己的脸，像许多年前来到舞蹈房一样，原来热情被掩埋在深处，却从未消减。

我把头探出门，来来回回望了几圈，确定附近并无一人，才安心地关好舞蹈房的门。

弯腰拾起被女孩们丢在一旁的舞扇，我打开音响与VCD，认真地模仿着里面的一招一式，看看镜子里的自己，倒也有几分模样。

开扇，甩手，踢腿，旋转……不知是不是因为看多了舞蹈队的姑娘们训练的缘故，我竟做得格外顺手。舞扇在我手中，开开合合，好像要融进我的身体。空空荡荡的舞蹈房里只有我一人在中央，最起码这一刻，这里属于我。

也不知跳了多久，一抬眼发现镜子里多了一个人，吓得我魂飞魄散，舞扇立刻砸在了地板上。

"叶，叶老师……"我不知道该怎么解释她眼前的一切，音响里的舞蹈伴奏还在嘲讽似的响个不停。

叶老师八成也不小地吓了一跳，不自觉地倒退了一步。"还以为是谁咧！"她却突然笑了起来，"跳舞呢？"

我被她问得不知如何回答，局促不安地把两只手交叉在一起。

"你喜欢跳舞，是不是？"

还没等我否定，叶老师就捡起了舞扇，拉着我到落地镜前。我被叶老师的这一举动搞得一头雾水，腿好像没长在自己身上，任由老师把我拉到那里。没想到叶老师重新调好伴奏，亲自教我动作。我受宠若惊，激动得四肢都有些不协调，却专心致志地学了起来。

这才算是我与舞蹈的故事的真正开始。

后来的一段时间里,我真的对舞蹈着了魔,无时无刻不在想它。我还没有足够的勇气与舞蹈队的女孩们一起跳舞,所以当她们没有训练的时候,我就会泡进舞蹈房里,一练就是几个钟头。林老师在班里找不到我,以为我又逃学,把我叫到办公室,试图展开新一轮思想教育,我这次没有再冲动,和气地跟她解释事情原委,她竟出乎意料地没有过多干预,喝了口水,抿抿嘴唇,说:"别太耽误学习,因为……就算考艺也需要文化课成绩呀。"

慢慢地,舞蹈把我深深吸引,成了我的全部。何时起,生活开始有了些不一样的光彩。无论是基本功还是舞蹈动作,都在一点一点进步——从开始的生疏僵硬,到后来的娴熟流畅;从开始的慌张无措,到后来的收放自如。一个大跳,一次空翻,汗水不白流,努力没白费。

随着逐渐熟悉,我对叶老师的称呼改为了"叶姐",她只有二十多岁,对我的照顾和辅导,也真的像亲姐姐那样。

我更是爱舞蹈房里的那面大镜子,镜子里我看到最真实的唐糖,无论是美是丑。

镜子里的自己,在今天,终于要成为舞蹈队的一员,并不逊于她们的一员。

"我是唐糖,九年级四班,就这样。"站在她们面前的我显得有些局促不安。她们倒像是屡见不鲜了似的,下面仍有人自顾自地说笑,并没有几分过于关注的神色。

于是,在这些平常的面容里,余可然因为诧异而张大的嘴巴就格外显眼。

我站在队伍不算显眼的地方,与她们一起舞动着扇子。初来乍到,不免紧张,天气本来就热,这下子,我就像掉进了大熔炉里。这一切都像梦似的,曾经我畏缩地站在门外,望着她们随风而舞,就像望着另一个遥远的世界。而今,我也立足在这舞蹈房里,与她们共舞……

"唐糖,你也太不够朋友了吧!"从舞蹈房出来,余可然狠狠地把巴掌拍在了我的背上。

我赔着笑脸:"下次,下次一定提前告诉你!"

"还有下次?"她说着,往我背上又是一巴掌。

"我错了还不成。"这两巴掌拍在我身上,差点儿没让我跪地求饶。

她小嘴一撇,想了想,说:"那成!以后可别这样躲着我,我就是想帮点忙……"

余可然,谢谢你。

我与舞蹈队日渐熟悉,从前的嘲讽也一天比一天少。我每晚一个人溜到舞蹈房,打开音乐,对着镜子练舞。落地镜里的我,勾手,抬腿,旋转……每一步,脚尖都稳稳地落在地板上。曲毕,偌大的房间里只有我深深浅浅的喘息声和咚咚的心跳声。

叶姐告诉我,过些天有一个全国性的舞蹈比赛,自愿报名,学校会根据报名选拔一名去参赛,如果在比赛中表现突出的话,还可以直接被省里最好的艺校破格录取。叶姐说我应该去试试,不管结果如何,起码是给自己一个机会。

我问余可然要不要参加,她摇摇头,说快中考了,不想丢下自己的文化课。也对,人家文化课那么好,完全可以考个好高中。

那我行吗?

"就你?够呛。那么多跳得好的,为什么偏偏选你破格录取啊?"司雨舜大胆地说。

"这……司雨舜说的也不是没有道理。你想,光咱学校跳舞比你好的就不少,更何况全国了。"孙哲也帮着司雨舜说话。

"你们的意思是我没机会了?"我问。听了他们这些话,真是让人泄气。

余可然说:"要不你去试试吧,也可能评委偏偏看得上你呢。"

"嗯……说不定哪个评委瞎了眼,偏偏看上你这泼猴呢!"本来好端端的话,让司雨舜说出来就变了味。

我没心思跟他们闹,敷衍地说了声"我想想吧",就转身离开了。

晚风吹来,白天的燥热褪去,我犹豫再三,生疏地摁下了妈妈的电话号码。

"对不起,您拨打的电话暂时无法接通,请稍候再拨……"电话里的女声字正腔圆,一口标准的普通话让我有些恶心。

我懊恼地把手机摔在床上,手机却又一下子亮了起来,是妈！

我的眼睛也突然被反上了光，我腾地从宿舍床上坐起："喂，妈！"

"怎么啦？又缺钱了？我明天就去给你卡里打点。"

"妈，我不缺钱。"

"那你有什么事？快点说。我还忙着呢。"

我便把比赛的事从头到尾讲了一遍。

"哦……我明白了。你想去就去吧，锻炼一下也好。比不过人家也别往心里去。"

"你就对我那么没有信心？"

"妈这叫实事求是，行就是行，不行就是不行，咱不能自欺欺人吧。"

"当初是你让我学舞蹈的啊！怎么现在又觉得我不行？"

"我那是建议。别难为自己了，有爸妈的钱供你呢，还害怕没有好前途？"

"你……"我挂了电话，把脚旁的收纳盒踢出去老远。天下怎么会有这样的父母？这下倒好，本来是想让妈鼓励鼓励我的，结果却遭一顿打击。

行，你们都不看好我，我偏要证明给你们看！

我待在舞蹈房里的时间越来越长，有时候几节课都待在这儿。我开始对自己严格，甚至苛刻，每一根神经都绷得死紧。在印象中，这几年来我从没有像现在这样发狠地学过什么。

舞蹈房里很空，后面的长凳上放着我的午餐，一小袋吐司和一瓶农夫山泉,足够了。

叶姐来了,递给我杯水:"想好要报名了?"

我翻了个前桥,停下来,接过水郑重其事地点了点头,随口问:"报名的人很多吗?"

"还真不少,可是这次名额有限,每个学校只能推荐一名学生,所以我们打算先在学校里举行一次选拔赛。但你放心,就凭你这用功劲儿,一定能脱颖而出。只是……"叶姐肯定地说着,却又犹豫了。

"只是什么?"我追问。

"就是那个夏熙……她也是相当有天赋的。"

"她也报名吗?"我听到夏熙这个名字的时候,还是被小小地吓了一下的。她的名字,我听舞蹈队的女孩多次提起。据说,她从小多次在市里的舞蹈比赛中夺冠,只是今年刚刚转来我们学校,进入我校舞蹈队不久就为备战中考而退出了。现在她又要回来,还要参加比赛,真不知道她葫芦里卖的什么药。

我听说她的舞蹈无人能及,用别人的话说就是,别说学校的选拔,就算是直接去参加全国比赛,也没一点问题。

我倒是也记得,以前来练舞的时候经常看她往舞蹈房望几眼,犹犹豫豫要进来的样子,最后却转身走开了。

据说,她是家长、老师眼中的好女孩,性格温柔乖巧,人缘还不错,有一群黏人的姐妹,学习也是相当出色。更重要的是,她还有许多特长,简直就是个近乎完美的人。我没有的优点,她都有。然而我却对她没啥好感,她整天一副大小姐的样子,我所看到的夏熙,总是傲视一切。也罢,人各有爱,毕竟不能把自己的感受强加在别人身上。

"是啊，她本来说是要按部就班考高中的，可是也不知为什么，突然一下子又改变了选择。她刚来这个学校不久，我也不太了解她的性格。"

"她何必呢？"我不知道该再说些什么，只好重新打开伴奏，准备练舞。

"其实你不用这么累的。"伴奏曲中隐隐地夹着叶姐的声音，显得有些嘈杂，"学舞蹈就得循序渐进，一口吃不成胖子。"

"话是这么说，但是，我想借这次机会，直接考进艺校。"

叶姐笑了："好好练，我拭目以待。"说着，走出了舞蹈房。

在偌大的舞蹈房内，只有我一人对着落地镜起舞，踮脚、抬腿、转头、转腰……外面的爬山虎蜿蜒着爬到了窗上，露出绿须，窥探似的望着我跳舞。

没过几天，叶姐来告诉我第二天一早有场小测验，我问叶姐："夏熙也会来一起练吗？"她学习成绩可是好得很，我总是不大相信她会耽误正课跟我们一同练舞。

叶姐回答我："她应该不会来的。"

我笑了笑，同时松了一口气，说了声："也好。"

"谁说我不会参加训练？明天八点，不见不散。还有，唐糖，你别太嚣张了，就你那笨拙的身手，还想赢我？"一阵尖细的声音忽然飘来。我一转头才发现不知什么时候，夏熙已经站在舞蹈房里了。

她转身走出舞蹈房，我马上快步走了出去，一把拽住夏熙："喂，你这人真奇怪，嘴咋这么不客气，你要再敢……"这夏熙却有力地甩开了我,让我一下子就感觉到了她的力量,我心里暗自奇怪,这瘦弱的女生哪来的这么大的劲儿。

我话还没说完,就感到叶姐从我身后拉着我往回走,说:"唐糖,你干什么?小心你再违反了校规,就别想参加什么比赛了!"

我皱皱眉,还想再说些什么,夏熙却头也不回地离开了,连背影都趾高气扬。

叶姐在我身旁责备说:"你胡闹什么!"

"我哪里胡闹!她说的话你也都听到了不是?"

叶姐认定是我的错,要我去给她道歉。我不肯。她又说,夏熙学习好,有礼貌,从不惹事,也不会像我一样。

像我一样怎么了?

成绩好的学生做的事就一定会让大人点头吗?我搞不明白,也不想搞明白。

又是一个早上八点。

太阳还是从东边升起,上课铃声还是准时响起,昨天在窗外的梧桐树上唱歌的鸟儿今天又飞来了。我在舞蹈房旁边的走廊里踌躇了足足十分钟,最终还是没能说服自己拿出勇气走进去——多没面子呀,我想。

我走进了教室,宁愿去听那些火星文。测验而已,不去也罢,我安慰着自己。

这节课,像往常一样,什么也听不进去。心思老是不由自主地往舞蹈房那飞。

"唐糖,唐糖!"第一节下课不久,就见余可然从外面冲进教室大喊我的名字。

"风风火火的,这是干啥?"我惊奇。

"还不是因为你!"

"我?"管我什么事。

事情其实很明了,余可然自然是来帮叶姐传话的,唤我去舞蹈房测验。

"说不去就不去!"我暗自忖度,自己可不能这般轻易地被她们呼来唤去。

三分钟过后,余可然见我雷打不动,便又朝教室外跑去了。我猜准是去叶姐那里汇报了。

这时,没出息的我开始有所动摇。

又熬了一节课,自己反复考虑要不要回去,猜她们在做些什么。然而最后,还是我的自尊心占了上风——不去!

下课。我下意识地望了望余可然那里,看她会不会再来叫我。很可惜,人家端端正正地坐在那里,丝毫没有要动一动的意思。我不知为什么心咯噔一下,那一瞬间的沮丧,深深地在我胸口划过。我觉得自己就像个矛盾组合体,现在连自己想干什么都不知道。

自己烦躁着,一抬头,刚好看到叶姐迎面走来,思绪万千,在我脑海搅动,不知该以什么态度去面对这个昨天跟我吵得不可开交的人。

"唐糖,你……没事吧。"叶姐过来问。

"没事。"我显然有些不自在。

"那跟我回舞蹈队吧?"她试探着问。

我就当没听见,装作翻书的样子,其实根本没有看进去——当然了,也看不懂。

"走吧……"她拉着我往外走。

我本来就没了主意,况且打心底里还是听从叶姐的,便任她拉着,一直到舞蹈房门口。大家都在练舞,看到叶姐来了马上站好队,望着叶姐……还有我。叶姐见那么多人看着,也不好再拉我,只是回头示意我跟着她进去,我却停在了门口不走。叶姐人都进去了,才发现我还在原地不动,神色有些尴尬。

我发现大家都在盯着我看,像在动物园看大猩猩似的,要多不自在有多不自在。

"某些人,没能耐就别来了呗,她以为她是谁啊?"夏熙的声音像老槐树枝头上的鸟叫,叽叽喳喳,又尖又亮,而这次,她的声音却做了一根被擦亮的火柴,引爆了我的所有不甘心不愉快。

"舞蹈房耍的可不是嘴皮子功夫。"我瞥了夏熙一眼。

"跟我拼舞?你能行?"夏熙挑了挑一侧的嘴角,双手交叉抱在胸前,好一副傲人的模样。

"就怕你输了赖皮。"我歪歪头,咧嘴一笑,笑里究竟藏着什么,只好等夏熙慢慢去体会。

她说的拼舞,是舞蹈队的"传统",是校舞蹈队女孩们的特殊的"战争",拼的就是技巧、功底、耐力和即兴发挥。周围的同学比我俩还激动,急忙退到两边,一副看戏不买票的神情,就差几桶爆米花了。更有热心者，为我们随机播放伴奏。

　　说一点也不紧张，那倒是假，尤其是在我听到第一曲是孔雀舞的时候，差些腿一软倒下去。孔雀舞是我极不擅长的类型，却是夏熙的拿手好戏。

　　我能感到我的动作愚笨生涩，而夏熙不一样，每个动作都恰到好处，不知怎么的，她的舞蹈虽然很柔美，却让我感觉有一种的杀伤力。直觉告诉我，这不只是简单的印象带给我的感觉，而是由内而外感受到的一种力量，一种能伤害到我的力量，莫名的。

　　在我即将黔驴技穷的时候，不知哪位好心人切换了伴奏——是爵士，我在这方面可没少下功夫，而夏熙则像刚刚的我一样，有些力不从心，优势逐渐偏向我这一方，身后三三两两地站起些舞蹈队的女孩，一起跳了起来，四肢与音乐配合默契。一旁的夏熙见形势不妙，跳舞的时候嘴还噘得老高，终于没忍住自己去切换了伴奏。

　　音乐响起，两旁的人分别给我们扔来了舞扇，我们两人稳稳地接过扇子，同时露出了一抹胸有成竹的微笑。开扇，微风乍起，四周如竹叶簌簌；碎步，细雨缠绵，点破玉镜涟漪梦醒；旋转，江水翻涌，浪卷百尺汹涌澎湃；收扇，皎月当空，万籁俱寂天地之间……

　　两人实力不相上下，一曲末了，本应天下太平，没想到夏熙不知哪根筋搭错了，积蓄的力量像是吹胀的气球，嘭地一下炸开了。

　　我清楚地感到她的巨大力量，不自觉倒退了几步。她也像是受了什么惊吓，不安地望向我。周围的人却像是什么也没看到，只顾着拼命鼓掌叫好。

怪，怪！这夏熙，到底为什么会有这样的力量。

疑惑马上被极度的疲惫掩盖。我们彼此仍旧不服气，咕咚咕咚，灌下叶姐递来的凉白开。

回想起来，也多亏了夏熙，惊人的进步速度至今令我记忆犹新。

棋逢对手，将遇良材。话确实是这么说的。

天气变得越来越燥热，蝉鸣一声比一声强。学校选拔赛终于来了。

学校礼堂里有些杂乱，墙边角落堆满了参赛者的衣服和化妆品，没有观众，只有一二十位参赛选手和评委老师。为确保我的长处能够较好地展现，我选了一支爵士舞。而夏熙还是走她一贯的民族风，准备的是蒙古舞。

出场顺序抽签决定——我抽到十二号，有人说夏熙抽到了五号，我大大地松了一口气，心想她的舞蹈离我越远越好。

等五号上场时，我突然瞪起了双眼，想看看夏熙的表现会怎么样，顺便估计一下我的胜算有多大。

我就这样眼睛一眨不眨地望着台上，结果上去的是几个男孩。跳了段不怎么样的街舞就草草下台，其中一个男孩上来就转错了方向；一个男孩在做单手倒立的动作时还差点歪倒。笑声从我嘴里冒出来，又马上被紧张和失望冲走。

五号并不是夏熙，那她到底是几号？

这无关紧要的疑惑却又让我一阵紧张，一直持续到我准备上场。当我即将去后台准备时，蒙古舞的伴奏从巨大的音响中传出，是夏熙，没错了，她竟是十一号！是最可能影响我的分数的选手号，我差点一口气提不上来昏厥过去。

我做了几次深呼吸，尽力让自己冷静下来。

可我还是忍不住讶异地盯着她的一举一动。那么完美无瑕，每个动作都相当到位，其他的人几乎都不能与她匹敌，也不知道这其中是否包括我。

我以为，所有人都被这姑娘给镇住了、迷住了。或许她的柔美比我的快节奏更能吸引别人。

等她翩然谢幕，我便绷紧神经迈上台，台上还有她的气息未散去，我像是要把所有人从梦里叫醒，带他们穿梭到另一个时空。

这是我第一次一个人在台上享受聚光灯，我属于整个舞台，整个舞台也同样为我所有。

我竭尽全力做好每一个动作，直到伴奏结束。

有期许的时间总是过得很快，就像不知不觉我就爱上了舞蹈，就像万千努力后我终于站在了聚光灯下，就像我在学校选拔赛中得了第二名。

没错，第二名。第一名不用说也猜得出，是夏熙。在听到名次的那一刹那，我感到我的心像块高空抛下的石头，不仅落了下来，还重重地砸了下去。我实在无法坦然面对所有的希望在一瞬间灰飞烟灭。我望着夏熙在舞台上接过证书，从容地笑着接受掌声与赞美的洗礼，她，将成为这次在学校里脱颖而出的全国舞蹈大赛的参赛代表。

有时候，第一名与第二名虽然只差一个名次，实质却隔着整个银河系，第一名拥有所有特权和认可，第二名，却什么也不是。

我就是那个一无所有的第二名。

在此之前，我从未发觉我是个力争上游的积极分子。为什么一定要去夺第一？为什么一定要去参加全国赛呢？我自己也说不上来。

夏天的季节里处处充斥着高温，知了在枝头起劲儿地叫着。球场上，那几个不知疲倦的男孩子，依旧穿着湿透的T恤，不知热似的打着球。路边的行人和喧嚣的车笛，正充分诠释着快节奏的城市生活。

从今天起，夏熙就要接受全天的舞蹈训练。

我虽然好奇，却也没有必要去知道那是什么样的滋味。我羡慕吗？说一点也不，那是假。

羡慕又怎么样，愿赌服输。

每每我不得已经过舞蹈房，明明觉得残酷，却还是情不自禁地往里面望几眼，看看她在学什么新的舞蹈动作。有时候，看到好看的动作自己也会比画比画。

因为夏熙的全面备战，叶姐把大部分精力都放到了她一个人身上，减少了舞蹈队的排练活动。而我，这个以前喜欢有事没事往那儿跑的人，也总是很知趣地绕开舞蹈房。

夏熙的舞蹈准备的时间越久、越充分，我就越绝望。

眼看还有不到一个月就比赛了，自己心里也渐渐地过去了这个坎儿，又重新开始跟着一帮男生东蹿西跳的……

"唐糖，唐糖！"是叶姐！她来找我干什么？"快，跟我走！"她慌慌张张地，拉着我就往舞蹈房的方向跑。

"啊？跟你去哪啊？我还要上课，上完这节课我还跟同学有约呢。你先告诉我去哪啊。"我被她弄得一头雾水。

她拉我进了舞蹈房，打开 VCD 让我看了一段舞蹈，是扇子舞。我被它的动作深深迷住，不由自主地打起节拍，手也忍不住小幅度地学习起这个舞蹈的手势。

叶姐突然在我面前跳起了这舞蹈。这好像是我第一次看到叶姐完整的表演。我略有些模糊地领会了她的意思，由手上的比画变成了全身的大幅度舞蹈。

我跟着叶姐学着，被这舞蹈紧紧吸引，直到最后一个完美的谢幕动作。

我停下来，朝叶姐微微一笑。

叶姐对我说："嗯，不错。参加比赛就用这个舞蹈了。"

"参加比赛？"我大吃一惊。

"是啊，参加比赛。"

我不相信地望着叶姐："那夏熙呢？"

"别提了，夏熙出了点意外，脚骨折了，所以只能让你这个第二代替她了！好好练，你照样可以稳操胜券。"

"啊？"复杂的心情一下子冲击而来，这令人又惊又喜的消息，让我连笑都忘记了。

"时间不等人，快开始吧。"叶姐催促道。

我慌忙答应着，暗自下定决心全身心投入练舞。

这舞蹈怎么看怎么精彩，不过我却突然想到了夏熙柔美的舞蹈带给我的冲击，好像真的可以伤到我，这的确值得我去琢磨。还有，还有上次比赛，她的舞蹈好像尘封了所有人的精神，诡异，让我毛骨悚然。但不管怎样，她的舞蹈，柔得就像一潭清水。

虽然不太喜欢她的性格，可她的舞蹈确实有某种神秘的独特之处。

这突如其来的幸福把我击蒙了，不住地问叶姐是否确有其事。我为这件事兴奋了整整两天，等这兴奋劲儿有所减退，才想到了夏熙，不知她的脚伤怎么样了，自己是否应该关心一下。可又想到她曾经对我做过的事，这样子也是罪有应得，于是把我的关心和抱歉一并收回。况且，我要是去安慰她，准又会被当成"黄鼠狼给鸡拜年"，被骂出门也不一定，就别去自讨苦吃了。

这样一来，我几乎把时间都用在练舞上，有几分废寝忘食的样子，叶姐教的每个动作我都一一记在心里，一招一式不敢马虎。

转眼离舞蹈比赛还有十天时间，几支舞蹈我早就跳得连伴奏都能一音不错地唱下来，叶姐看了我的舞蹈都惊诧地竖起了大拇指。我想，吃得苦中苦，方为人上人，所有都是我付出后应得的。

舞蹈比赛指日可待。万事俱备只欠东风。

比赛前一晚，夜里一点钟我仍辗转反侧，难以入眠，临近比赛，忐忑的心始终不肯安分。其他人都睡了，轻轻的鼾声从某个黑暗角落飘来。极度困乏混沌之时，手机屏突然亮起。短信？

唐糖，速来舞蹈房！

这么晚了，是谁的恶作剧？我盯着屏幕上的陌生号码，摸不着头绪。正当我准备不予理睬放下手机时，又一条信息出现：

勿失此机！

坚定的语气让我从昏昏沉沉中清醒过来。我感受到一种神秘使命正将我召唤。必须去！这莫名的思绪牢牢控制住我。我压根没有时间细想此事蹊跷之处，立马穿好衣服向舞蹈房小跑过去。

路上一个人影也没有，幽暗的光勉强照亮前面的路。我抬头看，整座教学楼都昏暗得隐匿在黑影之中了，只有一间，发出耀眼的白光——正是舞蹈房。我一惊，心跳得格外快，畏惧之心唆使我后退，但双腿却带着我加快速度跑进漆黑可怖的教学楼。

我放慢步调缓缓接近舞蹈房。门虚掩着，白光从门缝中溢出，我感到异常的力量紧紧压迫着自己，这原本再熟悉不过的地方竟如此陌生。我一边不安地问"有人吗"，一边轻轻推开门。

没人回应。

下一秒，我打开门……

一道极强的光线穿过我的瞳仁，快要击碎我的内脏，它有一种莫名的张力，呼唤着我，难以抗拒。渐渐，我一步步向它靠近。

眼前的舞蹈房越来越模糊。

周围死一般的寂静,呼吸竟成了最刺耳的声音。

我要去哪?

叁 / 初来乍到

此女命格乾坤倒置,凶吉难卜,恐命克其亲难以避免。
然其力非凡,墨国咸宁,不可或缺。

"欢迎归来，我的瑾·墨大人。"面前一位管家样子的男人彬彬有礼，吓得我不由倒退几步。

"这是哪？我要回去！"我环视周围流光溢彩的装潢，惶恐难以掩抑。有那么一瞬间，我觉得自己是疯了。

"这是墨舞国的都城墨城，我的侯爵大人。我是你的管家，泽西。"

"请让我回去！"我失去控制地抓住眼前与我说话的男人，目光不断搜寻自己来时的通道，却发现并无痕迹。

他的声音拔高了些："回去？不！你接受召唤而来，墨舞国才是你的归宿。"他绅士地摆脱我的撕扯。

这话让我冷静下来。我记起自己莫名生出的念头，记起刚才那强大的力量，这些使我突然意识到，来到这儿，恐怕难再回去。在泽西的引领下，我带着急促的呼吸，沿着红毯，坐上一把巨椅。这次我看清了他的长相，五官清晰分明，很是英俊，棕色的长发中露出一缕蓝紫。

定神许久，我张口说了几个字："我是瑾·墨？"

"是的，血统高贵的侯爵大人。帝王苦心将你召回，或许你已在凡间的考核中丢了记忆，无论如何，欢迎回家。"他露出笑。

我讲不出话来,只是有意观察了这里的人们,即便是身份低贱的奴仆,也个个气质非凡。泽西开口:"墨舞国里,人人都有自己擅长的舞技,是保护自己的利器。第七世帝王魄弦生性善良正义,如今在她的统领下,墨舞国百姓安居乐业。"

我不断地掐自己,为摧毁这梦境一般的可怕遭遇做最后挣扎。

"换好衣服,我们这就去拜见帝王。"他说。

终于登上金碧辉煌的华丽殿堂,殿堂中央的座椅是我见过最美的,宛如一朵绽开的罂粟花,妖媚,又暗藏剧毒。我想我明白墨舞国把蓝紫色的罂粟花作为图腾的用意了。

想必椅上坐着的就是帝王,她比我想象中要年轻很多,清新脱俗。谁能料到这样的弱女子会是墨舞国拥有最高舞技的人。

我刻意地观察了他们的言行举止,学着大臣们的动作,缓缓行礼。

帝王微微翘了翘嘴角,神态依然庄重:"瑾·墨,看到你没事我也就放心了,看来凡世的考核也没能难得住你。"

"考核?"我疑惑。

"尊敬的帝王,瑾·墨侯爵在经历凡世考核的时候失去了原有的记忆。所以……"泽西替我解释。

我听得云里雾里,根本不知这是真是假。

"罢了。"魄弦帝王的手指在空中轻划了几下,马上有个巫师样子的人出现,"韶,还是你来帮她吧。"

"是。"韶答应着,接着他的发丝开始飘动,嘴里唱着清幽的歌,那歌声像风,像流水,从很远的地方飘来,让时间睡意蒙眬。我不自觉闭上眼,带着呼吸与灵魂向它靠近,摸到它的律动,听到它的絮语——

此墨舞国,早在五百年前便已存在,它在离凡世很远很远的另一个世界。

你要相信你来到这里,绝非巧合,只是回归。

墨舞国子民,皆善舞技。所谓舞技,似凡世舞蹈,然而此舞技,可招招致人于死地。墨舞人各有所长,用器异,舞亦异。且因人血统、技艺不一,于国中地位不一。

判其舞技高低者,便是其瞳仁之色。

在墨舞国,蓝紫色至上,深邃、神秘。技愈高,瞳仁之蓝紫愈深。虽婴孩,因其天分不一,瞳仁之色亦异。

你是墨舞国贵族,生于都城——墨城。令尊是位伟大的舞者、墨舞国的公爵,炽言·墨。你出生时,罂粟花开似锦。此时你已有惊人神力,瞳仁之蓝紫甚之。而你亦是可怕的孩子,巫师为你占卜命运时雷声大作,远惊百里;天作大雨,连降三日,墨城三日未见阳光。巫师说此女命格乾坤倒置,凶吉难卜,恐命硬克亲,难以避免。然其力非凡,墨国咸宁,不可或缺。及其十八,咒自可破。

自你出生,贵族之命运乃几经波折——

第一个死的是最爱你的母亲,她是墨舞国里最出众的歌者,对你亦疼爱有加,自你出生后她就只唱歌给你一个人听。然而,在你出生半年时,其暴毙而亡。那时懵懂无知的你还躺在母亲的怀里，天真地笑着，看着母亲的血液涌出，却毫无恐惧之色。

就这样，你微笑着看着你的母亲死去。

接着又是你的姐姐，樊·墨。你父亲每天操劳于国家大事，无心陪你玩耍。自打你母亲身亡后，你姐姐就日夜陪伴在你身边，陪你种罂粟花、看罂粟花。却每次都能把你保护得好好的，永远不会让你中毒。你小时候就以为姐姐是世界上最伟大的人……她把一切都寄托在你身上，你是她的全部。

有一天傍晚，你突然大哭不止，吵着要去雪崖看蓝紫色的罂粟花。樊·墨不忍拒绝，就背你上雪崖找蓝紫色的罂粟花——樊·墨一路背着你不知摔了多少跤，终于找到了一朵蓝紫色的罂粟花，那可是墨舞国最神圣的花啊。

姐姐在帮你摘花时，失足掉下雪崖，最后一刻，她只说了一句话："瑾·墨，你要成为最伟大的舞者！"

那时你四岁。

到现在你姐姐是死是活也无人得知……因为一直没能找到她的尸体。

然后又是仆人们……一个个离奇地死去。

你的父亲不忍看到自己的家庭变得支离破碎，便在你十岁时下令带你去墨城的离山底下，说可以避免灾难的发生，还可以使你强大。等到你十八岁魔咒解除时，再将你释出。

当时这件事轰动了整个墨舞国，大家众说纷纭，大都不同意你父亲的作法。

是啊，你去那可以说九死一生。

因为他要带你去的，是离山下一个炼狱般的地方。但它有个美丽的名字：蝶韵城。

你的父亲执意要这样做，没人有权干涉他。

他说："胜者为王，败者为寇。就看这孩子的造化了……"

最终，你到了蝶韵城。你超乎同龄人地冷静，再怎么不情愿也要自己承担，从未掉一滴眼泪。你只带着一把舞扇来到了蝶韵城，勉强算是件防身的武器。

后来，当别人问你，你恨不恨父亲时，你笑而不语。

你眼前的世界乌蒙蒙的，没有温度。

在那里，弱肉强食的规矩自古就有。况且住在那里的人也绝非善类，舞技高强。你虽说天赋很高，但年龄太小，还没有足够驾驭那些舞技的能力；没有被点拨通，甚至连还手的余地也没有，更别说与蝶韵城的人匹敌了。

按说，你早就该死了。

可你没有。

你只会拿着把扇子用几个基本的舞技，根本只是些皮毛而已，或者，连皮毛都说得牵强。从第一天起就不断有人妄图伤害你。

可你又是幸运的。

当一个年迈的老妖要用狠毒的"冰舞"置你于死地时，一位骑士样子的人出现在你的身前。他的舞技高超，杀死那个技艺娴熟的老妖，对他来说是轻而易举的事。

他救了你。

当他好心地对你说"你好，我叫璘轩之"的时候，你竟然头一歪，在角落里睡着了。

璘轩之并没有生气，反而决定留下来照顾你。

从此，你开始慢慢接受这个奇怪的人，并且崇敬。他慢慢变为你的导师，一点一点教你，直到你的能力超出他很多。其实这完全不难，别忘了，你是个天赋极高的孩子。

后来，你研究透了墨舞国的四十八种舞杀技，其中包括墨舞国禁止出现的三种。不过这又何妨？蝶韵城像是国中国，完全不受墨舞国的约束，在这儿能生存下来的每个人，都有着绝对强大的舞技。

你终于成为蝶韵城中的佼佼者，但非最强。你能感觉到一股强大的力量压迫着自己。即使你不知道是否出自一人——蝶韵城庞大且神秘，一般的人永远不会知道它到底有多大、到底住了多少人。

事实上，你一直想问璘轩之：你为什么会在这儿？

可是你始终没有开口。

不知道为何，你总觉得他就是个谜，不能，也没必要去解开。

然而，奇迹般地，璘轩之长期待在你身边，却安然无恙。

过了十八岁的第一天，缠在你身上的魔咒自动解除，你的父亲再次来到蝶韵城门下。他已经做好了足够的准备，去接受你死亡的消息。

而你居然奇迹般地出现在他眼前。你眼中透出神秘的蓝紫色，淡淡地对他说："父亲大人，我们可以走了。"

然后，你就回到了那个金碧辉煌的地方，带着陌生。

其实你也极其留恋那个所谓的"炼狱"，觉得那儿也没什么不好。

你也想过把璘轩之接到这儿来。可是每当说到这个话题，璘轩之就突然变得严肃，他好像很不喜欢墨舞国除蝶韵城外的其他地方。

你不好勉强。

你在这里生活得很平静，舞技仍在不断增强，无穷尽一般。

几年前，魄弦帝王知道了你这个奇女，便封你为伯爵。你表现很出色，备受帝王青睐。

后来，你不负父望，参加了升侯爵的严峻考核。前几项你都轻松通过，而最后一项是去凡世，接受那里的舞蹈与挑战。

结果，你一去不返，杳无音讯。

可现在墨城的离山下正有一股强大的力量，缓移而来，恐怕以后会对墨城乃至整个墨舞国产生可怕的威胁。

而你，是唯一在那里生活过许多年的贵族，又是巫师占卜中，能够挽救墨舞国的唯一人选。只有你才能帮墨舞国除去后患。寻找你，即是寻找墨舞国的未来。希望你能够拯救这个国家。

欢迎回家……

"你怎么就能确定我就是瑾·墨？"听完这些，我还是没能说服自己。

魄弦帝王的目光紧盯着我："因你左手臂上有蓝紫色的罂粟花，所以不会有错。"

我低头看我的左手臂，不知什么时候出现了一朵绽放的罂粟花的印迹。好啊，连我自己的身体都能背叛我，给这个素不相识的"帝王"帮腔。

帝王说："那是墨舞国子民与生俱来的，毁也毁不掉，除非他死。墨舞国的人一死，那朵罂粟花也会就此消失。"

我似懂非懂。

我马上想到一件更离谱的事情，便又忍不住发问："可是我才十六岁，怎能说我在十八岁时就解除咒语了呢？"

帝王好像不屑于回答我的问题，在旁边的泽西只好帮忙说："这儿计算年龄的方法可跟凡世不一样，这儿的年龄总比凡世的大些，以后你慢慢就会明白。"

我又莫名其妙地点点头，嘴里小声答应。在这个全新的地方，我只得像做了错事的孩子一样，低着头。这怪异的世界带给我的一丝微微的恐惧，倒真的狠狠地煞了煞我的脾气。

这时，我抬起头，目光偶然落到了韶的眼睛上——竟然是跟我一样的黑色！可他不是墨舞国的人吗？我心存疑问。

"我不是墨舞国的人，巫师不属于任何国度。我居无定所，来去无踪，不受外人阻挠。"他竟然看穿了我的心思。

而帝王也好像明白我的心思。她是墨舞国的人啊，怎么也会"读心术"？

"能当上帝王的人，总得有一技之长吧？而且只有这样，我才会知道我的臣民到底是否忠诚于我。"帝王立马回答。

帝王的轻笑让我感到一种震慑。这帝王看似柔弱，没想到她却把自己的臣民牢牢掌控着，而且心智过人，竟然想到用巫术来束缚臣民，可见真不是吃闲饭的。

这帝王好像又知道了我心里在想什么，对我微微一笑。我不知所措，只好慌张地赔笑。

这样的交流方式倒是省了我说话的力气，可感觉也太奇怪了，而且总被人看穿自己的心思，也不是件好事。我还是张口说话比较好。

我环视周围的人——我、帝王、泽西、帝王的贴身随从还有……

我简直不敢相信自己的眼睛，失声大叫："司雨舜，你怎么在这里！"

他只是冷冷地瞥了我一眼，什么话都没有说。

我看到他的性格发生这么大的转变，以至于理都不理我，感到又气又好笑。再怎么说我们也是哥们儿，即使来了这不可思议的墨舞国，也不能"六亲不认"吧。

我跑到他面前，拍了拍他的肩膀，说："司雨舜，跟我还装？这么入戏啊。"

"请注意自己的行为举止，初次见面，举止轻浮，会令人生厌！而且，我也不是什么司雨舜，我叫灵煦，是这里的公爵。"他说得那般绝对，叫人没有还嘴的余地。

这人才是令人生厌呢！但一听是公爵，扳着指头数了数发现好像地位比这什么瑾·墨侯爵高，我只好忍气吞声。

帝王一时兴起："瑾·墨，让我看看你的舞技到底有多少长进，如何？"

我吓了一跳。照我的舞蹈,根本不能在这个高手如云的地方献丑,恐怕连这里的仆人都比我跳得好。

可众目睽睽之下,更不好拒绝。

我尽自己的最大能力来演绎整场舞蹈,不敢松懈分毫。记得余可然曾热心支招,等我比赛时,就把下面的评委老师看作萝卜,而现在,我分明是把这一个个怪异的萝卜当作了评委,神经紧绷,度过了煎熬般的四分钟。

舞蹈结束。

凡间的舞蹈好美,泽西第一个称赞。

帝王也点点头。

我深深地松了一口气。

这个叫灵煦的家伙好像在故意找我的茬儿,说:"那墨舞国的舞技呢?只会这花拳绣腿,有什么用?"

帝王如大梦初醒,随便指向一位仆人,要我杀死他。

可……这么残忍的事我怎么做得出来?况且我从未接触过所谓的舞技,哪能随便就将一个人置于死地?一瞬间,我不知所措。望着那仆人惊恐万分的眼神,我心中比他更加惶恐。

我大概根本不是什么瑾·墨。生在远离硝烟战火的年代里,打架我倒是有过不少次,杀人这种事就离我太遥远了,更何况那人与我无冤无仇。

一筹莫展之际,泽西开口说了话:"尊敬的帝王,您这岂不是难为瑾·墨了。她连记忆都丢失了,更别说复杂多样的舞杀技了。而且她在凡世多年,习惯了凡世间人的约法,是不会轻易杀人的。"

泽西句句说在我心坎里，帮我解了围。我感激地看着他，他却报之淡然一笑。

"也罢。下午你便与瑾·墨去蝶韵城找璘轩之，让他帮助瑾·墨重新恢复舞技功力。还有灵煦，你也要助一臂之力才是。"

"是！"我们三个齐声说道。灵煦还是一脸不情愿，像我欠他钱似的。人们陆续跟在帝王后面离开。我正要跟上，却被灵煦拉住。

"瑾·墨可是直爽大方、令人尊敬的人，你可别演砸了，把在凡间胡搅蛮缠的野蛮本性都露出来，等被人们发现你不是瑾·墨的话，怕是难以收场。"

我望了一眼灵煦。啊！这种怪异的眼神！劝架那次，我还记得。原来他在那时就早已注意到我了。我背后好像刮过一阵冷风。

"但我劝你还是别演了，识时务者为俊杰，什么时候想好了就来求我，虽然不敢保证一定能行，但心情好的话兴许能送你回去。"灵煦带着挑衅的口气跟我说。

"你什么意思？"

"我什么意思？我什么意思你自己心里清楚。普通的凡间人罢了，掂量掂量自己几斤几两再说话吧！"

这样激将，只会让我想尽全力留下。

"求你？凭什么求你？"说完，我就头也不回地从他身边走过去。这人还真是莫名其妙，一看就不像什么好东西。

我在泽西的带领下，回到寝宫，闲得无聊，便出去与其他爵士闲谈。里面的人好像都与瑾·墨熟识，而我却不认识他们，就连似曾相识的感觉都没有。

与他们闲聊几句后，我发现和他们毫无共同语言。连电影、微信、微博这些词他们都没听说过。更糟糕的是，我也根本听不懂他们在说些什么古怪的话题。

他们的聊天内容要么深奥，要么就太苍白。我们好像生活在不同的时代……不，或许我们本来就不在同一个时代。

我问其中一个侯爵，今年是多少年。他却嘲笑似的告诉我，是墨舞五百三十四年！

历史老师可没教我们公元纪年法和墨舞纪年法之间的换算关系！

我实在熬不住，就回了房间。房间里有一面梳妆镜，我望见镜子里的自己，有些吃惊——你入乡随俗可真够快的，什么时候眼睛也变成了蓝紫色？只是还很淡很淡罢了。盯着镜子看了很久，越来越觉得自己现在的眼睛别扭，最后瘆得起了一身鸡皮疙瘩，不想再看——黑眼睛多美啊，我想。

就餐后，决定和泽西去蝶韵城。不知怎的，心里仍有些不安。

泽西说先得去禀告帝王才行，我点点头，准他去了。

他离开之后我就想，既然是禀告帝王，是不是我也应去？可是并没有人告诉我这礼数。我踌躇了一会儿，最后为了避免失礼，还是一路小跑向宫殿奔去。

这儿所有的人都是昂首挺胸不急不慢地走着，唯独我一人慌慌张张，最后越跑越快，像参加越野长跑似的，在人群中格外显眼。一路上有很多人向我打招呼、问好，他们好像个个都认识我这个"瑾·墨"。

大家都对我点头哈腰，我只是在急急地跑，似乎有些过意不去。随着时间越来越长，对我行礼的人也越来越多，心里就越来越觉得别扭，只好边跑着边回礼。因为不知道他们都是什么等级的人，怕得罪人，只好对每个朝我打招呼的人都回了一遍礼，这样好像引来了更多奇怪的眼光。有些丢人是不假，但总比得罪人强吧，我想。

就这样，我跌跌撞撞、冒冒失失地到了宫殿。

我看到了泽西和帝王正在说话，走过去，却没人看到我。我正想去跟帝王请安，走近了，才听到他们似乎在谈论我的事。出于好奇，我轻声往前挪得更近，想听听他们到底说了些什么。

"……那你们小心。日后要多加用心地扶持瑾·墨，帮她尽快回到离开之前的模样。"这是帝王的声音。

"是，小人谨遵吩咐，会转告瑾·墨大人的各位老师，叫他们尽心竭力帮瑾·墨大人恢复舞技。"泽西说。

"不……何止舞技。"又是帝王的声音。

"那……"听这话，看来泽西也不了解帝王的意思了，我更是同样不理解，便猜着帝王到底想说的是什么。

"这瑾·墨需要改变的，不仅仅是舞技增长，更重要的是改变性格，恢复瑾·墨原来的性格，像现在这样冒冒失失，性格浮躁，怎会成得了大事？"魄弦帝王的话一字一句地砸到我心里。

"帝王说的是，小人谨遵教诲。"泽西毕恭毕敬地说。

"这样性格有什么不好，"我小声嘟哝着，"为什么改变我的性格？难道以前的瑾·墨是大家闺秀？或者女中豪杰？总之是和我现在截然不同的性格吧。我这样子不也挺好……"我絮叨着，突然想起我刚来宫殿时莽撞的样子，便再也说不下去，为自己辩护的理由也突然消失。

回忆过后，我的观念好像就有了些变化。

我们在去离山的路上，有些颠簸，正如当时的心情。

不知是心情的缘故，还是这烈日的作用，我的额头上浸出了细密的汗珠，我不断用扇子扇着——没想到这舞扇还能在关键时刻起到这作用。

泽西大概是因为看见我竟用舞扇来扇风觉得可笑吧，在一旁动也不动地看着我，还忍不住笑了起来。

"太热了……"我努力做出一副理所应当的样子。

他还是笑着。

"你就不热吗？穿着质感这么硬的衣服，又是个男生，怎么会不热呢？"我问。

"我？我从来没感觉到热过……"听他这语气倒像是件遗憾的事似的。真怪，这儿的人都好怪。

终于到了离山脚下，乍一看跟普通的山并无两样，再走近点却发现在隐约处还有一扇暗色的门。我和泽西走进去，阴森森的，说不恐怖那才是哄你玩的，还好我天生胆大。

迈进去还不出三步，就有一根类似丝带的玩意儿飞来，险些勒住我的脖子。还好泽西眼疾手快，突然用起了他们所说的舞技，双目紧盯丝带，我注意到他眼中似生出了座座冰山，冷峻。突然，丝带结了一层厚厚的冰，泽西轻轻一碰丝带就断了。我第一次见到舞技的这种作用，惊异得下巴差点掉下来。"这舞技太神奇了！"

等我缓过神来，发现舞丝带的人已经死了，便张大了嘴巴，吃惊地看着这个人，原来是个姑娘，挺漂亮的，大概比我大些，脸色白得吓人。

我下意识地回头看看泽西，还好，他的肤色不怎么怪异。

不过这丝毫没减轻我的恐慌，我胆怯地指着这个倒在地上的人，说："喂，她死了……"

"没什么，是个弱者而已，就算我不杀掉她，她在这也活不久的。"泽西开始往前走，我紧跟着他，怕再出什么危险。

我不知道该说什么，只是盯着地上的姑娘，看她手臂上的罂粟花逐渐消失。

"不是每个人都像瑾·墨大人以前一样幸运呢。"泽西念叨着，继而又变得严肃起来，"自己小心点，像刚刚那样的弱者，在这儿可不多见。"

"我知道了……"我含含糊糊地回答道，心里却想，这所谓的"弱者"刚刚就差点要了我的命，要真出来个强者，那不就……我不敢再往下想了，希望这只是个梦，快点醒来吧！

我们又向前走，只有几盏暗暗的灯照着，使我们不至于撞在墙上。这一路走得确实不大太平，一会儿一把冰刀飞来，一会儿差点被树藤缠住……终于在转角处找到了璘轩之。

原来在我面前的人就是璘轩之。他比我想象中还要高傲一些。真难理解他在十几年前为什么会救瑾·墨——这个让人觉得很麻烦的小姑娘。

泽西向璘轩之说明了所有的情况,并请求他再重新教我舞技。

璘轩之讶异地望了我一眼,然后在那略显沧桑的瞳仁中显出一丝激动,但嘴上还是淡淡地说:"那就看她是否还有从前学舞技的那种天赋了。"

"这么说您同意了?"泽西喜出望外。

"但我有个条件。"

泽西稍微迟疑了一下:"什么条件?"

璘轩之说:"我不会离开蝶韵城半步。"

我看了一眼泽西,他似乎松了口气:"好吧。"

"为什么一定要来这儿?"我不解。但在我说出话的一瞬间就后悔了,因为璘轩之的表情突然变得有些恐怖。是啊,当初瑾·墨都不敢问的问题,我怎么能问呢?

我意识到后果的严重,便赶忙改口:"我是说,若我一人前来,岂不是难保性命?"

"我自会接应你。"璘轩之说。

"那就好。"我为自己的圆场感到满意。

第二天,夏日的阳光带着浓郁的热情照过来,百芳又悄悄绽开含羞的笑靥。在墨舞国日复一日地生活,偶尔会让我有些恍惚,不知自己是否存在于一个真实的世界。我感受到的,只是没有电视、没有电脑、没有手机的空虚。然而，随着时间推移，这些先前不适应的感受，却正无声地变成馈赠于我的心底的宁静。

我踩着树木的影子来到了蝶韵城。

璘轩之果然如约而至，这让我觉得踏实了不少。我在他的保护下安然进入蝶韵城，我听得见自己"扑腾扑腾"的心跳，摸得到自己体温直线下降的手脚。

紧张！

那是不亚于舞蹈选拔赛时的感觉。

璘轩之开门见山地讲舞技，丝毫没有跟我闲聊的意思。他说，舞技的最高境界便是意念杀人，这是只有帝王和极少数精英能够做到的，四十八种舞技里，有三种是禁止使用的暗杀，但曾经的瑾·墨，无论是意念杀人还是三种暗杀，都能做到近乎完美。

我倒吸一口凉气，不敢想象那时的她是何等强大。现在我从别人耳中听闻的瑾·墨，就像小学老师口中的雷锋一样，像个标杆，崇高得有些不真切。

我望了一眼璘轩之，看着他在昏暗的光线下雕刻一般的五官，更是心生敬畏。瑾·墨当初能有超强的舞技，至少有璘轩之的一半功劳。

他开始像教幼时的瑾·墨那样，耐心地一点点教我，细致、细腻。我极力模仿着他的一举一动，可惜我似乎没有当初瑾·墨的一半天赋，好半天才学会一个动作。他多次强调要参透其中真谛，找出适合自己的方法，我却像在听物理老师讲公式一样左耳朵进右耳朵冒,只顾一股脑儿地效仿。

我开始接触到泽西所说的那个叫作"幻移术"的舞技。它能使墨舞国臣民在墨城的特定的路线下迅速移动,没有伤人的作用,纯粹是"人肉式交通工具"罢了。这种毫无技术含量的东西却让我急了眼,我比比画画地做着别扭的动作,直至此刻,才知什么叫"寸步难行"。璘轩之实在不忍再看我的惨状,便说:"'幻移术'的使用最重要的就是用心,使自己平静下来,想着要去的地方。"

在璘轩之絮絮叨叨的教导之下,我终于慢慢掌握了幻移,让我好不惬意,霎时玩心大起,想向璘轩之炫耀下自己已经勉强掌握的"新本事"。我在心底打着算盘,想要幻移到璘轩之后面来个"攻其不备",可惜实际似乎与理想出了些偏差。

我在使用"幻移术"时,突然有些混沌,使得我并没有到达先前想去的地方。

熟悉的舞技,把我带到了不熟悉的地点⋯⋯

我⋯⋯在哪?

我观望四周,确定自己还在蝶韵城内。而伫立在我眼前的,分明是隐匿在蝶韵城深处的宫殿。

说蝶韵城神秘到无限大,也真是不假。我身处于神秘的蝶韵城里隐秘的宫殿中,宫殿富丽堂皇得有些空洞。令人恐惧的环境告诉我,我还是先避而远之得好。

我自以为妙地转身,想要藏起来,却发生了最不妙的相遇。

那是个士兵模样的人。

我尴尬地笑着,心里打起了鼓,一时间竟忘了可以用"幻移术"脱身这回事。

慌乱中我学的那些皮毛竟也忘得干干净净,于是,我便带着这样"尴尬的笑容",顺理成章地被士兵粗鲁地锁进了大牢。

我能感到这里有一股强劲的力量压迫着我,那是被笼罩在无尽黑色之下的力量,我也能感到脚下枯草的冰凉,像是泽西舞技下被冰冻的那个女子的丝带,一碰就会碎掉。迷惘的我不知如何是好,趔趄着退了好几步,坐了下来。在我的手即将垂下地的时候,却碰到了有温度的皮肤。

我惊觉怪异,回过头去却发现一双闪着光的乌黑大眼正看向我。我差点失声叫出来。

慢慢地,等我的眼睛适应了周围的昏暗,才发现,那竟是个比我小两三岁的男孩。他的面容像是白玉,精致、干净、毫无瑕疵,我甚至可以想象得到他未来的样子。

"你为什么在这儿?"我问,"也是误入?"

他诧异地看了看我,过了一会儿才开口说话:"算是,我本想来这儿寻找自己的哥哥,却被捉来。"

"哥哥?"我恰巧看到他黑色的眼睛,便有些激动地问,"难道你也是凡间的人?"

"凡间?那可是我梦寐以求的地方。"他又摇了摇头,"可我是巫族人。"说罢,他又露出了一丝笑容。那是他这个年龄不该有的平静。

"梦寐以求?"我暗地嘲笑他,他怎会知道,在那儿生活的孩子每天都要面对做不完的练习题、爸爸妈妈和老师喋喋不休的教导，还有那张千斤重的成绩单呢？

"对，我想去。"他的眼睛里满是向往，我不忍浇灭他的美好向往，也便没有把心中所想告诉他。此刻，我敢确定，他并没有用巫术窃听我的内心——这是他明澈的眼睛告诉我的。

把自己的经历讲给他后，我在他心中瞬间变得有传奇色彩了，我想大概是因为我来自凡世，也可能是因为我把在凡世种种不愉快统统略去，为他把凡世幻化成了仙境。他追着我要我带他去凡世，我只好说："有机会一定带你去。"

他这才像个普通孩子一样，露出了稚气未脱的笑容。

我言归正传，问他："你刚才说，你是来找哥哥的？"

"没错，他是巫族最伟大的巫师。"这下，他的眼中又充满了骄傲与自豪的光芒。

"你叫什么名字？"他问我。

"瑾·墨。"我看着他，一阵熟悉之感恍然掠过，"你呢？"

"欧。"他回答。

我脑子里不禁现出了另一个人的身影，相似！我连忙询问："难道……你哥哥是……"

"韶？""韶！"我们两个几乎同时说出了他的名字。

欧突然激动地挺直了腰板，急切地问我："是他，我的哥哥，是他！他在哪？"

"虽然不知道他现在在哪，但我想，兴许我能帮你找到他。"能帮到别人心里就是痛快，我便一口答应帮他找到哥哥。

欧好像一下子精神了好多，对我说："事实上……凭我的巫术完全能够一个人逃出这里的。"

我吃了不小的一惊："那你为什么还在这待着？"

"因为我无路可走。我找不到哥哥，不知道自己接下来该去往何处，所以自己就把这扇铁门当作难以前行的借口，直到我有了新的打算，才会从这儿出去。"

"那现在呢？"

"用我的巫术把你送出去。"

"这怎么行！"

"因为只有这样，我才可能找到哥哥。如果我自己出去，那与以前又有什么差别？"

"要走一起走。"

"不，我的巫术并不能达到那种境地。"

听欧这样一说，我红了脸，年长的我豪迈地说着义气的话，却只是空头喊喊，没点真本事，到头来还得靠这个仅有一面之缘的小弟弟。

我闭嘴不再说话，直到欧用巫术把我送回璘轩之身旁。

我离那个神秘的宫殿越来越远，却一直被欧的巫术影响着。心中不禁被他，还有这神奇的力量深深折服。

璘轩之看到我安然回来，似乎是松了一口气。我把经过讲给他听，想让他同我一起去找韶，他却任我怎么生拉硬拽也不肯离开蝶韵城。我只好独自离开这儿，使用"幻移术"时心有余悸，有了刚才的经历，我更怕再出什么乱子。

等到了墨城，我又是一路小跑，莽莽撞撞地在人群中穿行。

忽然，一个身躯挡在我面前，我还没反应过来，便与他撞了个满怀。

当我带着歉意的目光遇上灵煦公爵那双充满厌恶的眼睛，我似乎也被同化了，立马变成一副嫌弃而愤怒的面孔。

没想到他先开了口："眼睛瞎了吗？你们凡世人的素质真是'不可估量'。还不道歉？"

我不想与他怄气，甚至不想理会他，因为我现在有更要紧的事要做。

我正要绕开他时，他却横跨一步，挡在我面前。我看着他干净得像太阳一样的脸，脑子里却有一把火把它烧掉的冲动。"道歉！"两个字生硬地从他嘴里蹦出，让我十分纳闷——这样蛮横、不讲理的人，怎会成为公爵？

我向另一边绕行，他又像块磁铁一样吸引在我的磁场上，逼得我难以前行。

不仅如此，他的嘴里还振振有词，像个骂街妇人一样强调我是凡人的身份，强调我不配充当瑾·墨的事实，挖苦着我所有的不成功与侥幸。

刚刚对他仅存的一丝歉意，最终也没能在他的骂声中幸存。我收回了在嘴边即将出口的"对不起"，但深知自己不是他的对手，所以只好忍气吞声地说了句："让开，我有急事。"

"怎么，刚来几天就与这儿的人打成一片了？看来我真是小瞧你了，真不知道你是怎么巴结的人家。还是说，你急着来求我把你送回凡间？你这么无礼的态度可让我不太想帮你呢。"他的脸上写满了嘲讽。说罢，他竟施展舞技，把我困在了他的结界里，任我如何挣扎也无济于事。

我试图用"幻移术"脱身，可这只是变为了灵煦眼中幼稚的笑话。我欲哭无泪，急得直跺脚："为什么你从开始就专找我茬儿，对我冷嘲热讽，与我针锋相对？我明明什么也没做，什么也没做错，你自导自演了所有，有意思吗？你就这么想跟我攀关系？"

"把你锁住的是你自己。埋怨别人只是为了掩盖自己的无能。这是我送给你的第一课，愚蠢的初学者。"他说罢扬长而去，完全没有要把我放出来的意思。

我冲着他的背影大喊着让他回来，他却头也不回地离开了。

搞什么？找别人的茬儿，却还义正词严？我心里早就把他八辈祖宗问候了个遍。现在可好，欧在狱中还不知会有什么意外，我又被困在原地无计可施，真是一波未平一波又起。

我除了会一两个简单的舞技招式，其余的一窍不通，我生疏地挥着随身携带的扇子，别说什么杀伤力了，就连以前跳舞时对扇子的熟悉也不见了。现在自己就像是被压在五指山下的孙猴子，束手无策，只盼着唐僧一样的人出现，救我出去了。

天色渐晚，我在结界内累得气喘吁吁，没能等来唐僧，却等来了焦急寻找我的泽西。

泽西有意地寻找周围是否有结界，所以到这儿之后，没费多大劲儿就发现了我。我把事情原委告诉了他，他说，这层结界只有在里面的人才能解开。我看了看结界里，除了自己，连半个人影这找不到。我苦笑着问："该怎么解开？"

"用舞技。"

"舞技？让我翻墙、打架我说不定能做到，至于舞技，可真是难为人了。"

"结界之外的人都无能为力，只得靠你自己！"

我知道泽西不是唬我，认命似的问："那我该怎么做？"

"这虽是灵煦大人布置的结界，但也非高等结界，八成他真的只是想让你提升舞技。"

"用不着替他说话，告诉我怎么做就是了。"我并不是有意用语言伤害泽西，可是现在实在火大，话不过脑子就出了口。我马上在心中暗自后悔，眼睛紧盯着泽西，试图观察出他情感微妙的变化。

还好，泽西不是像灵煦一样无理取闹的人，他似乎并没有往心里去，只是笑笑，说："这样吧，我教你些舞技，你跟我学，学会了，用这舞技打开结界便是。"

我松了一口气，心想，自己可得快些学会，万一欧在那儿有个三长两短，我岂不是成了忘恩负义的千古罪人？

泽西的武器是冰，虽然他使用得熟练美观，但我怎么看怎么觉得他与我的扇舞搭不上边。

我满脸愁容，呆呆地站在原地不动。泽西停下来，问："为什么不学？"

"我哪来的冰？"我错愕地问。

泽西忍俊不禁，说："你当然还是用你的扇子，虽然武器不同，但舞技的精髓还是相通的，你只要把握好我演示给你的形态、节奏、气韵，就自然能够使用相同效果的舞技。"

我半信半疑。可能这就像是凡间有人用步枪，有人用冲锋枪一样，瞄准、扣扳机等关键点还是差不多的。

我听了泽西的话，刚刚急躁的心沉了下来，仔细观察他的一招一式，霎时好像有一种神秘的意识带动着我，开合扇子，舞动身躯。开始还有些被动，到后来，我开始慢慢调整自己的姿态，化被动为主动，顺应这"仙气"一般的东西，与它和谐相融，柔中带刚。

我不再单纯模仿泽西的动作，而是接受这奇异的引导，我们似乎要化为一体，它提升着我体内的能量，我隐约感到自己的瞳孔在发热。就在最后一击出手时，刹那间，四周扬起浓浓尘土，风声中，光芒四射。

泽西似乎被我这突然的爆发小小地吓了一跳——这似乎是大于他本来想要施展的舞技的杀伤力。他微微向后退了一步，以防这火焰似的光芒所带的力量危及于他。

风尘和耀眼的光蒙住了我的双眼，等它们渐渐退去，我才发现，结界已经悄然消失了。我像是监狱里刚刚被释放的囚犯——事实上，也确实是这样，恢复了自由身，在心里为自己叫好。

"没想到……"泽西木讷地看着我，似乎不敢相信刚刚所发生的一切，"果然是瑾·墨……内力超凡。"

"马上带我去找韶，欧的事可不能耽搁。"我说。

"那是自然……"泽西微微点头，与我向相同的方向走去。

我们顺利地找到了韶，没有那个叫灵煦的恶霸出来找麻烦，让我心情好了很多。

韶听到欧的事后，先是久久地愣在那里，脸上说不清是喜是悲。他的反应大大出乎我的意料，原以为这场面应该是催人泪下、激动人心，现在这样阴风吹过般的氛围的确不在我掌控之中。我盯着他看了好久，猜不透他心中所想，最终只好弱弱地问："我们……走吗？"

他叹了口气，许久才说："走吧……"

我被弄得有些糊涂，不知道自己现在还是不是在当活雷锋。

我们走出宫时，迎面碰上了灵煦，这次我趾高气扬地从他身边走过，回味着他淡定的面容下的一抹吃惊。

一路上，韶的态度让我瞠目结舌，我连大气也不敢出。旁边的泽西身上有抹不去的寒气，再看着韶严肃的脸，我觉得自己明天就要得风寒。

沿途的风景一尘不染，像幅油彩画，连每一株草的位置都恰如其分，远处还有个遥远的大太阳高高在上，光彩夺目。即便如此，草木似乎更为风所折服，我环视着这有趣的一切，心中淡然。

等到了蝶韵城，我又开始不安起来，因为我们并不知道宫殿的具体位置，不可能盲目使用"幻移术"，此刻我就像自己跳进了危机四伏的游击战点，随时都有没命的可能。我用几个基础的舞技左躲右闪，尽力保护着自己。我们慢慢深入蝶韵城内，遇到了无数素不相识的敌人。我想，这也不失为我提升舞技的好时机。我开始刻意地观察周围所有人的舞技动作，继而反补到我的舞技里。

慢慢地，我发现自己竟能越来越容易地挖掘到别人舞技里的精髓，接着灵活应用，甚至可以在三五招内摸清对方的舞技风格，以攻其弱处。

这是我在凡间学习文化课时从来没有出现过的天赋。

我凭借这略强的学习能力，正大光明地"偷"了许多高手们的招数。这又令泽西和韶不大不小地吃了一惊，虽说并无名师指导，舞技也全是借鉴他人的，但最起码我已经可以用这些略显生疏的舞技来保住自己小命。

韶早就用巫术为我们探测好了大体位置与道路，这是我第三次看到这神奇的法术，也是我第三次为之吸引。我们感受着某处压制着我们的力量越来越强大，也以此判断我们并没有走错方向——直到那金碧辉煌的宫殿再一次伫立在我面前。

我们这次选择绕到离牢狱最近的一侧，躲过重兵。韶就像欧帮我脱身一样，使用着同样的巫术，不光是动作，就连他们两个的神情也是一模一样。

起初欧以为受到了攻击，带着虚弱的身子，本能地挣扎了起来，这使得本来就耗费着巨大体能的韶更加困难。我在一旁插不上手，急得打转，倘若我太靠近牢狱，再加上里面死命挣扎的欧，定会惊动了周围士兵。

还好不久聪明的欧猛然醒悟，顺着巫术的来源看过来。没错，他看到了韶，顷刻间，眼泪夺眶而出。

欧落在我们面前的那一刹那，韶再也没能坚持住刚刚平静的表情，抱着欧失声痛哭。

我暗自叫好，我就说嘛，终究还是该走阔别重逢的苦情剧路线。

后来我才知道，开始韶之所以一副不知是喜是悲的模样，还得从好多年前说起——

欧出生在韶六岁时，欧长得水灵可爱，很讨人喜欢，而他的父亲发现他竟然有一种不凡的血统，使欧能够迅速掌握巫术，具有超出同龄人的能力与天赋。

韶也把自己的弟弟当作掌上明珠，与他形影不离。

那时，韶并非寡言少语的惆怅性格，凡事也不会像现在闷于心中。他不曾言语的只有一件事，就是他宽容的外表下，内心也无数次地羡慕过欧为人宠爱的地位。直到有一天，他们的父亲在家庭宴会的时候无意脱口而出："欧，你一定要做一个伟大的巫师，超过你哥哥。这样，才能继承我位！"

这句玩笑话深深地刺痛了韶，心中的羡慕开始默默转化成了嫉妒。

嫉妒是黑暗里的魔爪，足以改变一个人。韶把内心的仇恨，转化为昼夜不休的巫术练习，他心中埋藏着恐惧，生怕欧真的有一天超过他。

巫术成了韶生命的全部，他就这样，一直在追求更高、更强，走着那条指向远方、没有尽头的路……韶变得沉默寡言，有时候突然脾气火爆。

事实上欧生性不羁贪玩，并无继承父位之意，面对韶的敌意，欧不知所措，小小年纪的他曾无数次在夜里叹息，明净的月告诉他，离开是最好的选择。

终于，欧选择为了韶而偷偷离开宠爱之位。

韶起初仍执迷不悟，以为弟弟仅仅是在刻意避开他的挑战，认为这是欧的轻蔑和嘲讽。而后来，在略显冷清的宫殿里，他才逐渐意识到自己的过错。他寡言的内心为他错综复杂的情感编制了一个又一个的网，将自己痛苦缠绕。韶的心是一座城，矗立着座座高墙的城。

而欧飘零在几个国度之间，心却一直系着远方的巫族——今天哥哥做了什么？是否还在不停地练习巫术？是否还会夜晚坐在屋顶上，用失落的眼神望着繁星，听着辽远的歌声悠悠划过耳边？那么，哥哥现在生活得快乐吗？

怎么会快乐？失去了最爱他的人，还有什么资格快乐。

欧啊，抬头看看那轮明月，至少你们还拥有同一片天，同一个月亮，其实，天空的那边，韶也在深深思念着你。

按照巫族惯例，巫族人满十八岁后便可踏出族门，在其他的国度里谋生。终于，欧等来了韶的十八岁。韶十八岁生日的前夜，欧在与韶相隔万里的地方，激动得彻夜未眠。

韶满十八岁那天，欧收拾好了行囊，做出了自己的第二个决定：寻找哥哥。路途曲折坎坷，欧无数次地想过放弃，又无数次地从原地站起，他重重地拭干泪水——不怕，他有哥哥。

直到一天，他无意中闯进了蝶韵城中的七乌界。

于是，有了后来的事……

回来路上，韶对我说："巫族人从来不欠别人人情，你帮我找到了弟弟，我也定当报答。"

"不用，本是天经地义的事，谈何图报？"其实我心里早已乐开了花，盘算着要让他怎样报答我。

"那我也不好强求了。"韶的回答大大出乎我所料。

"不……"我见形势不妙,只好扯住他,脸上堆着笑说,"事实上,我还是有一事相求的。"

"说。"

这下不但不像是被报恩了,反而像我有求于人:"你……能不能教我巫术?"

"这不可能。"他斩钉截铁地说,"你不是巫族人,族里规定巫术只能传给巫族人,绝不准对外传授。而且,就算我教你,你也未必能领会。"

"是啊,我听父王说过,只有巫师族的人才可以学巫术,因为我们有不同的血统。"欧也说。

"可帝王不也学会了吗?"我小声咕哝。

"可你说过要报答我的,君子一言,驷马难追!"我提醒他。

"这……"韶犹豫了,过了很久,才慢吞吞地说,"好吧……"

"别高兴太早,我教你也可,但你能否领会,就要另当别论了。"韶又补充。他现在说的每一个字,好像从嘴中说出来,就会马上变成冰一样。

我就这样被硬生生地浇了一桶冰。

我顶着天际疏星的最后一抹残光,拖着稍存疲惫之感的身躯,缓缓迈回宫殿,脑子里交织着今天发生的所有事,凌乱又清晰。

"帝王的话你没忘吧?我倒是想看看,你这几天学了些什么。"犀利的语气打破了我周围的宁静,不用看也知道背后的人到底是谁。

就我仅存的自知之明来讲，我此刻应当羞愧难当落荒而逃，但结界一事我多少驳回了些脸面，就心一横，将蝶韵城中无师自通的舞技一一展示给他。

我停止后他没有立刻评论，而是默然起身，把我做过的舞技重复一遍，缓时行云流水，急时刀光剑影，身手矫捷，从头至尾没有一点如我一般拖泥带水。我虽嘴上不肯承认，但事实就在眼前——一个像浴火凤凰，而另一个，像烧烤火鸡。

我在他身后努力想要跟上他的动作，尝试几遍终无法做到。他也像泄了气，坐到旁边休息，顺口说："招招混乱生疏，怕是通过什么不光明的途径学来的。"

我心咚咚跳得厉害，想他怎么猜得这样准，莫非在这墨舞国，偷学舞技也不成？心虚之色并没有显露在我脸上，我硬着头皮破口大骂："狗屁！这是我自创舞技！听好了，叫'唐氏扇舞杀技'，有名有姓，日后必定威震四方！"名字当然是我随口说的，还好姑奶奶脑子快。

"这恶心的名字。"他一脸嫌弃，说，"连基本舞技都做不好，哪来的脸面自创舞技？"

忍字心上一把刀，我不再作声。灵煦自觉没趣，站起来比比画画，最终指向面前一面玻璃镜。不到一秒，"咔嚓"，玻璃闪着光，片片落地，发出清脆响声。我目瞪口呆地看着他离开的背影，破碎的简直就是我的心。

他走后，我仔细琢磨着他留下的舞技，直到天将亮。这儿的生活与凡界不同，我每天都能找到属于自己的目标，新鲜、刺激。有时候我甚至觉得，我已经慢慢爱上了这个神秘的地方。

我大抵是被光线照醒的。阳光透过窗户，浅浅地洒到房间里。这儿的每一个角落都在接受暖阳的洗礼。

吃过早饭，我选了件得体的衣服就风风火火地出门了。我已经习惯了这里硬质感的衣服，觉得它们其实也不像我想象得那么糟糕，相反，这衣服穿起来很轻，完全不会影响到自己的行动，像是特意为使用舞技而制作的。

我费尽周折终于找到了韶，他抗不过我的软磨硬泡，最后，无奈地把心理沟通的方式教给了我——

我十指交叉相扣，两手拇指相绕转动三圈后，两拇指指尖相对，心中默念"天灵地聪，吾心相通"，再在胸前写一个"韶"字，就可以与韶进行心理沟通。原来这就是帝王与他联系时的动作。我背过身去偷偷试了一遍，果然可以听到他的内心：时间紧，快点开始吧。

我这才红了脸，对他不好意思地说："请教我其他巫术吧。"

"等等，你可别骄傲，就你现在对大自然能量的掌控能力，还根本达不到巫术的境界，这种简单的沟通算不了什么，只要掌握了这基本的手法和口诀，很多人都能做到。这'读心术'也不是万能的，它不仅受时空的制约，而且在别人对你有所提防时，你也无法读出他的心思。如果你真要学会巫术，还得掌握宇宙的信息，能用心理与大自然交流，那才能将'读心术'运用得得心应手。而且这心理沟通如果受到限制，还需用另一种独特的方法才能解决。"韶说。

"什么独特的方法？"我将信将疑地看着他。

"你现在毫无法力功底，告诉你也没用。"韶有点不屑。

"那……好吧，等我练好了功底一定要告诉我！"我说。

韶瞥了我一眼："到时再说。"

巫术和舞技确乎有很大差别，巫术需要固定的咒语，有时还需借助特殊的辅助工具——水晶球，才能够完成。

只是我需要领会一段时间，才能学会使用巫术。韶说过，我不一定会明白巫术的，能不能学会还需要看自己的天分。

我学会了第一个最基础的咒语——变色，我说的只是学会了咒语，而非真正的操作。

我干巴巴地念着这些可笑的咒语，像极了物理、数学上各种符号的读音。可是完全没有什么效果。我又重复练习第二遍，结果还是没用，连半点反应都没有，然后是第三遍、第四遍、第五遍……一直练了十几遍都毫无起色。

韶没有了耐心，说："这是最基础的了，我真的没有什么可以再教你的，咒语交给你，其他的就靠你自己悟了。学巫术就像隔了一层纸，戳开这层纸，豁然开朗；戳不开，就摸不着调。喏，这是我们巫师族每个人必看的书，里面包括所有的咒语，自己回家悟吧。我还要去别的国家看看。有什么需要再来找我。"

隔了一层纸……这话，耳熟。在以前，物理老师每节课都这样说，可惜我愣是没找着这层纸在哪。

"嗯。"其实我心里是极不乐意的。这算什么，是放弃我了吗?这一锤子砸得可是够狠的,让我的好心情突然消失得无影无踪。

凭什么?

我因学巫术的不顺快快不乐,但由于帝王的嘱托和先前的安排,我只得再来到灵煦的住处,向他讨教。

"喂!"我叫了他一声。

没有回应……

耍什么花招?人明明就在离我三米的地方背对着我,却不应声。

我又把声音放大了些喊他。

仍无动于衷!

"你到底怎么回事?"

我刚走出一步,却看到灵煦忽然回过头来,马上对我用舞技。我刚反应过来,枫叶已经如箭一般,伤到了我。

那枫叶真的是不一般的……不,不是叶子不一般,而是使用它的人的舞技不一般。虽然我并不想夸他,可事实很难否认。

我明白,其实他这招只是简单的舞技而已,用我的屏挡完全可以轻而易举地挡住。我没有流血,只是胸部发闷,干咳了几声。

"你神经病啊!"我捂着胸口,开口就骂。

"这就看出了你的弱点。你过于放松警惕,没有时刻保护自己的意识。而且太容易信任对方。最好的杀手,是不会轻信任何人的。你做不到这些,就随时有可能被他人杀伤。"灵煦用有点不屑的语调对我说。

我这才明白灵煦为什么在刚来时就给我个下马威。

我的松懈,是我最大的缺点。毕竟在凡世我既不是国防兵也不是007,战争离我很远,从小就没有那个意识。

灵煦对我依旧不冷不热,弄得我热情也不是,冷淡也不是。

我想:为什么这么急于求成,也许还能有很长的时间。

我沉浸在自己的疑惑里,只听身后的灵煦喊道"当心",耳边好像一阵风的声音,一阵如刀一样的风。我暗觉不妙,回头看到一个紫衣女孩手执舞扇朝我猛冲过来。我先是一慌,手心立马被汗浸湿,赶忙紧紧握住扇子,蓄势待发。乒乒乓乓几招之后,当她极近地把脸靠近我眼前,我才看清她的容貌——好生熟悉。

脑里不断搜寻着,手上的动作便滞钝了,她趁机出击,我提防不及,便跟跄了几步倒在地上。

她低头看着我,嘴角的笑溢出满满的嘲讽,我这才想起来,是她!

我用余光瞥到灵煦在一旁缓缓摇头,一副嫌弃的样子,就像看到了菜市场上被人踩来踩去的烂菜叶。

我并没有怎么伤到,但那一瞬间我就想这样躺着,躺在冰凉的地上,安静得什么也不想,我太累了。可是,没过几秒,我看到一只玉洁的手伸到我面前——皮肤吹弹可破,手指又长又细,指甲露出淡淡的粉红,比琉璃还要美。而我只是把那只试图拉我起来的手不屑地打到一边,自己恼火地站起来。

"这是紫纯。"灵熙把那个女孩介绍给我,我却当作耳旁风,向这个被灵熙唤为"紫纯"的人看过去。

我又一次自下而上将她扫视一遍:"你腿没事了,夏熙?"

我看她似乎是不想回答,就接着说:"这儿还真是稀罕,什么人都有,你也要跟他一样说我认错人了不成?"我指向灵熙,灵熙的脸色变得很不好。

"不,我就是夏熙。"这个紫纯把舞扇别在腰间,那副趾高气扬的表情真是与夏熙不差分毫,"我问你,夏熙在你们学校混得风生水起,可你之前听别人提过她吗?"

我仔细一想,不禁打了个寒战,没错,夏熙的传闻就像是在一夜间,忽地炸开了。

"这是紫纯,是瑾·墨以前的至交,两人都以扇为器。"灵熙在一旁淡淡地说。

我心里咯噔一下,从前我与夏熙吵得不可开交的时候,可从没想过有这么一天。

"我也只是去那里探寻你的消息,不过你放心,至于你那些难登大雅之堂的言语和不伦不类的舞蹈,我都忘得差不多了。"紫纯倒是笑得很灿烂,我却摸不透她的笑里到底有什么,或者没有什么,考虑到她以前与瑾·墨的关系,只好忍气吞声,用细微的声音嘀咕:"你就很了不起啊?"

不过这样一来,夏熙舞蹈里那股巨大的力量也就不奇怪了。

转眼间,阴晴不定的紫纯又黯然伤神起来:"你的事我都听说了。瑾·墨临走前说好回来与我比试舞技的,这下人倒是回来了,舞技却丢失殆尽。没有瑾·墨的帮助,我用意念使用舞技的方法还怎么学啊?"

用意念舞扇?莫非瑾·墨已经到达了如此高超的境界?也就是说,我现在望尘莫及,与瑾·墨的水平简直一个天上一个地下。

我无言以对,想说不服气的话,可话未出口就已变得支支吾吾,想给自己壮胆,没想到气势反被削弱大半。

紫纯无辜的大眼睛里,忽闪的尽是对我的可怜与同情,她的表现十分巧妙地把我放入了一个尴尬的境地,倘若我咬牙切齿对她破口大骂,反而对我没什么好处。只听她又缓缓地对我说:"说实话,你与从前的瑾·墨差距太大了,不过我以后会试着适应这个现实的。"

我刚刚的火气还没下去,现在她又浑然不觉地在旁煽风点火,我表面波澜不惊,实已气得胸口发闷,正积极引导自己做深呼吸。她说得如此认真,让我哭笑不得。

"我们是否应该抽个时间比试比试?"我"毕恭毕敬"地问。

"你很期待吗?"她的目光紧紧盯住我。

我冷静地想了一会儿,最后还是不甘被人看轻:"万分期待。"

"时刻恭候瑾·墨大人。"她轻松地行了个礼,然后整了整衣服,像做了好事不留名一样,一蹦一跳地离开。

我环顾四周,早已没了灵煦的影子,空荡荡的只留我一人,金灿灿的墙壁映出金灿灿的光,分外孤寂。

墨城的天总是很蓝，像被宫殿里的佣人擦洗过好多遍了一样。墨城的一切都被刷洗得很干净，包括虫鸣和鸟啼。

当我风风火火叫醒璘轩之的时候，墨舞国还惺忪着睡眼，贪恋着轻柔的晨雾给予的抚慰。

"姑奶奶，你可真够勤快。"璘轩之深深地打了个呵欠，泪水本能地在他眼眶打转，"这么早造访有何吩咐？"

"早起的鸟儿有虫吃，听过没？"我不等他做出反应，就接着凑过去神神秘秘地问，"有没有什么方法，能让我的舞技在几天内迅速提升成像原来的瑾·墨一样的水平？"

我满心期待，似乎都能感觉到我的眼睛发着光，可能是绿光。可没想到从来不打击我的璘轩之，这次生生地把我撂在原地，自己掉头就往回走。

我赶忙拉住他追问，他略带沙哑的声音是这样告诉我的：

"真是异想天开！即便从前瑾·墨拥有极大的天赋，也靠的是日积月累。做事的方法尚有捷径可寻，但千万别妄图在付出努力上走捷径。"

他说完这些话后，我没有再死命纠缠他。他走了，我留在原地，他的话也一同留了下来，在我耳边，在我心上。

我开始从最基础的舞技练起，脚踏实地，一点点拂去急于求成的浮躁，一点点拂去被他人冷眼相待的愁苦，一点点拂去喧嚣，所有喧嚣。我的瞳孔散出撼人的热量，我感觉得到，眼睛的蓝紫色在变得越来越深。

晚上回到寝宫，我看到那本巫术书安静地躺在桌上。风一来，悄悄吹开书页。我难道就要这样放弃了吗？想要超过瑾·墨，我现在能想出的方法就是从巫术找突破口，比原来的瑾·墨多学一技之长，应该有用。

这样想着，我的心情更加迫切起来，取出一件衣服，对它做无数次的变色练习——夜色愈浓，衣服疲惫地躺在原地，看着有些气馁的我对它做着第六次、十六次，甚至六十六次变色练习。衣服似乎是睡着了，不肯听我号令，我躺在床上，这样想着，闭上了眼睛。

墨舞国连续晴天多日，今天终于下起了大雨，墨城像被包裹在一层灰白色的布里，昏昏沉沉。第一滴沉重的雨点砸到我的额头上时，我正在外面找寻使用巫术的灵感，雨越下越急，我匆忙中躲进附近灵煦的宫殿。

我急忙用手拂去身上的水渍，一抬头，看到紫纯迎面走来。本以为我们再次见面会尴尬万分，结果她却出奇地热情，拉我去她的住处更换衣服。

她翻箱倒柜，终于在最底层翻出一件衣服，让我换上。

我穿上这带着蓝紫色罂粟花花纹的银白色长衣，一种特殊的力量与熟悉感把我紧紧锁住，接着进入体内，涌动在血液当中，从四肢到内脏，再到脖颈，继而是眼睛，眼睛的颜色变得更深了，这些进入身体的东西没有就此散去，反而刺激了体内另一部分挤压着的潜力。

"果然合身，"紫纯惊喜地看着我，"这是瑾·墨以前留下的衣服。到现在，我也不得不承认你可能真的是瑾·墨了。"

某些新生的力量在我的体内涌动。是的，紫纯答应过与我比试，不如借此机会提升下自己的能力。

听到我的要求，紫纯马上拿出舞扇。这次我有种莫名的信心，毫无畏惧，同样抓紧自己的舞扇。两扇舞动，似有筝曲鸣奏"银瓶乍破水浆迸"之势，势不可挡。时而轻盈如燕，时而稳如泰山，时快时慢时高时低，是舞蹈却又摄取了舞蹈外的精华，是打斗却又蕴含赏心悦目的美感，刚柔相济，所向披靡。

那些初来乍到的力量逐渐与我相容，让我使用得愈发自如。

紫纯只当我是个初学者，抱着像上次一样陪练的心态，使出初级的舞技，不料我能量大增，她用初级舞技根本无法获得优势，便正心与我比试起来，然而从她的眼里可以看出，她是极其高兴的。

不知何时，灵煦已经闻声赶来，在一旁静静地看着。我的目光扫过他，他微微的吃惊被我在瞬间捕捉到，我的嘴角缓缓上扬。

那晚，我跟紫纯聊到深夜，她告诉了我许多以前关于瑾·墨的事情，我不得不赞叹这两个出生入死的朋友。我更深地了解了以前的瑾·墨，她不像现在的我这么假小子，也不是余可然那种小家碧玉，她骨子里透着的傲劲儿，是学不来的。成为墨舞国里年龄最小的侯爵，足以说明瑾·墨的年轻有为。所有的一切对我来说，遥不可及。

在获得新的力量后，我越来越能够融进墨城，融进墨舞国，对巫术的使用也有了一丝信心。带着这信心，我做好唤醒那件衣服的准备，对它再一次使用巫术。

只见那件蓝紫色衣服上像是荡起了涟漪，一点一点把罂粟花瓣一样妩媚的颜色褪去，换上一层金黄！

我做到了！

我拎起衣服就去寻找韶，像无头苍蝇一样跑了几圈，都没有找到韶的影子，这才记起他教给我的沟通技法。

我迫不及待地把喜悦分享给他，他却半晌没有动静。我又一次把情况描述给他，并直截了当地请求他教我巫术，才听到他说："下午见。"

下午见到韶时，他正在摆弄着磨得锃光瓦亮的水晶球，怪好看的，它好像会发光，收敛着原有的威力，又铺上了一层神秘。

他没有一句废话，板着脸开始教我巫术中的"意控术"。我跟着他用巫术把石头从左边移到右边，又从右边移到左边，晃晃悠悠，紧张得出了一身冷汗。

欧从远处跑来："瑾·墨姐，你也在呀。"

我答应着，把注意力全都集中在了欧身上，石块直直地向欧飞去，我吓得不知所措，只见欧轻松地动动手指，石头便乖乖定在上空，一动不动。

韶在一旁摇了摇头，轻叹一口气："先休息一下吧。"

我趁机凑向欧，欧永远笑呵呵的，看着我："瑾·墨姐，有啥事？"

"听说心灵沟通技法有个特殊的方式,不知你能不能跟姐姐说说。"我摸摸他的头,试探着问。

"那个巫族公开的秘密,月下三寸影?"

大概就是了,我点头。

"告诉你倒也不要紧。"欧笑起来眼睛弯弯的很好看,"事实上,你知道也没多大用处,这方法已经很少有人用啦。"他停了停,似乎是觉得没有必要告诉我。

可是他越这样说,我越觉得神秘,越想一探究竟。我眼睛一眨不眨地看着他,他只好继续说下去:"这个方法我也没有试过哦,只听长辈谈起过,不知灵不灵,毕竟在大多数地方,普通的沟通技法都能行得通的。"

他又顿了顿,见我十分坚定,便说:"'月下三寸影',名字很好听是吧,听说这种法术极其耗费体力,先不说能保持沟通多久,有人刚开始运功就可能耗尽体能。若不是巫术造诣极深的人,根本不可能操纵它,像你现在的功力,想都别想。"

我撇了撇嘴,转念一想,他说的确实没错,只好说:"那,我先听听,不为过吧?"

"'月下三寸影'里的'三'有四重意思,你得耐心听我讲完,然后咽到肚子里,谁也不许说。"他一脸认真。

"四重?"我伸出四根手指比画了下,真是难以置信。

他肯定地点了点头:"我可是纯正的巫族人,不会记错。'月下三寸影',顾名思义,这第一重呀,就是要在月圆之夜,在月光与影子交界的三寸处,然后把水晶球……啊!"

他话还没说完,只见一块石头从他头的一侧擦过,他倒吸一口凉气，捂着头。

我这才反应过来，那石头就是我刚刚用来学习"意控术"的那块，第一次挡住了，没想到还有第二次，毫无防备的欧一定被砸得不轻。

"没事吧？"我慌了神，急急忙忙要看他的伤口。

"没事没事，幸好没有击中脑门，只是从一侧擦了一下。"他到这时候还笑嘻嘻的。

韶从一边走出来，问："发生什么了？"

"没啥没啥，我在跟姐玩咧。"欧连忙把我的手从他头上掰下来，然后送给韶一个大大的笑脸。

韶露出了少有的温柔微笑："臭小子！"大概这个世上，能让他露出这样笑容的人，也只有欧了吧。他对欧的感情，应该不仅仅是兄弟间的爱，或许，还掺杂着些同情与愧疚。

过了不久，那颗漂浮不定的石头，又出现在了上空。

本想去找紫纯，却迎面碰上了灵煦。

"你知道紫纯在哪吗？"虽然不想与他多说半句话，却只得找他询问。

"没大没小。"他鄙夷地看我一眼，继续走他的路。

我恭恭敬敬行了个礼后，继续追问。可是看他的表情，似乎不知道紫纯的去处。

"她不是受你的管理吗？你怎会不知道她的行踪？"我的话一出口，他便想从袖口取出枫叶，可我头一伸，胸一挺，一副初生牛犊不怕虎的样子反而让他放弃了使用舞技的打算。他走，我就厚着脸皮追上去，我总觉得这里面一定有我不知道的故事。

这灵煦再冷淡孤傲，也敌不过我赖皮似的软磨硬泡，终于不耐烦地开了口："她虽是我手下，舞技却很高强，她对我很忠诚，所以我没必要了解她的所有行踪。"

我嘲讽似的问："你也相信了别人？"

"因为她救过我一命。"灵煦久久地望向远方，大抵脑子里正翻涌起些陈年往事，我好奇心虽然不小，却也懂得见好就收，不必对别人的过往刨根问底了。

我没想到，灵煦竟也是知恩图报的义气角色。

过了一会儿，我又问："她为什么没有爵位？"

隐约中，他沉吟了一声："她的血统并不纯正，可惜了。就像你们凡世一样，虽然多数人都靠自己的能力挣饭吃，但不也同样受自己家境的影响吗？与上层人物沾亲带故有点关系的，不也总是近水楼台先得月，甚至一人得道，鸡犬升天？不过，紫纯虽没有生来就有的冠冕，却也在准备考取爵位了。依她的实力，当然不能被我一辈子压在手下，她应当有自己的新的生活。"

我琢磨不透他这话里的情感，只好慢慢把目光移向他的眼睛，可是夜太黑了，我什么都看不清。

我沉思了一会儿，说："我觉得，这对紫纯是不公平的。为什么像我这样的人都能够坐在侯爵的位子上，而紫纯却不可以？"

"瑾·墨曾是我们墨舞国最敬仰的人之一。你要真心觉得有愧于这个地位，就努力让自己的舞技恢复甚至超越原来的瑾·

墨。"这次他看向了我，用他那双空洞的眼睛，我终于看清他的双眼，然而他的眼里却又是夜晚，没有光的夜晚。

  我坚定地点了点头，但我知道，这做起来并不容易。我开始学会慢慢接受自己不情愿、没把握的事情，我的性格开始渐渐改变，更像谁了呢？瑾·墨，是你吗？倘若是，那我又无法想象，你曾经承受了多少。

肆 / 铤而走险

我们永远无法拖住生命长河的尾巴,就像我总要面对一些事情。

已是半夜,冷冷的月光安静地铺在我的床头,紧张又激动的我,在床上翻来覆去,丝毫没有睡意。

三年后……

"紫纯，你又输了。"我淡然地对面前这个筋疲力竭的子爵说。耀眼的阳光从我深紫色的眼眸中折射而出。

在这几年，我没日没夜地练舞，尽力地适应这儿的生活，凭借着感受到的神奇力量，迅速熟悉了墨舞国的舞技，并不断地接触新的舞技，很快，我就像抓住了瑾·墨的影子一样，有了不小的进步。

现在的我时常会产生错觉，觉得自己从小就是生活在这儿。

三年了，这儿依旧是老样子，甚至街道上的车夫还都是原来的打扮，而我们拥有的细碎的光阴，让我们在悄然不觉中，慢慢改变。

紫纯依旧是我的好对手。她接受了晋升子爵的考验，并且轻而易举地成了子爵。可不是，凭她的舞技，子爵的考验微不足道。虽说她已经是子爵，却仍在闲暇之余去照顾灵煦，她说，她已经习惯了在他手下的生活。

"该死，你竟然用巫术暗算我。"紫纯恨得咬牙切齿。

"巫术怎能算是暗算？况且没规定只能用平平常常的舞技才

行啊。"

"你……"紫纯找不到什么反驳我的理由。

没错,这就是我在两年前所创的"唐氏扇舞杀技"的舞技之一。在我练舞的过程中,不断完善这"唐氏扇舞杀技",目前已有二十六种技法。刚刚的三扇冰刀术,便是我用巫术与扇舞结合而成的,算是比较有把握取胜的一招。

夕阳落山时,约好与欧见面。

欧长大了,不再那么稚气,特别让人喜欢。他的巫术并不下于韶,但因为没有太高的地位而显得终日悠悠然。而韶呢,整天奔波在几个国家之间,事务繁忙,记得我们上次见面已经是几个月前的事了。

欧便成了我切磋巫术的最好对象。

至于巫术,那本书上的我已经学得差不多,只是剩下最后一个章节还没完全练好。此书的最后一个章节,说的是自我修为,即,当书中的基本巫术都已经掌握之后,需要自己进行更深层次的修炼。学无止境,恐怕我有生之年是难以修成这整册的书了。

"你来了。"仅仅三年,欧却变了好多,他的模样不再是个孩子,而变为了英俊温柔的青年。看到他,总让我莫名地想起一池清水。夕阳把天空抹上了鲜血般的红,逆光里的欧,拥有着白皙的皮肤,双眸在光辉的映衬下,像是在熠熠生辉,他长长的头发,笔直而轻柔。失去了当年不羁的孩子脾气,而得到了温柔体贴的性格,久而久之就明白这并非得不偿失了。

"是啊,我听到你的心灵沟通,就急忙从璘轩之那儿跑回来了……怎么?你有什么急事?"

"其实,也没什么事,就想瞧瞧你巫术练得怎样了。"他不好意思地笑着。

我做出了一个要用扇子打他的架势。他连忙"求饶"。

"是不是又创造了新的巫术?"我一副看透他心思的模样。

他耸了耸肩,说:"看好了——"接着,他把自己的水晶球抛上空中,水晶球划了一道弧之后,准确地落回到他的手中。

"就这样?"我觉得好扫兴。

他对我做了一个"嘘"的手势,口中念念有词:"诳也,非诳也,其实所诳也。"然后用手向上指了指。我向上看去。

两秒钟后,碧蓝的天空出现了几点黑色,缓缓地向这儿靠近。我定睛一看——啊,竟然是一群雁。

这群雁飞了下来,围着我俩,变换着队形,好不惹人喜爱。

欧说:"这是我近来新创造的'无中生有术'。"

"'无中生有术'?让我试试!"我迫不及待地说道。

我重复了他的动作,大雁们在上空与我们取乐。我俩玩得正高兴,泽西突然出现,把我俩吓了一跳。

泽西说帝王召我见面。

泽西如今还是在我身边当管家,是特别可靠的老朋友,长久以来,一直把事情打理得井井有条。

暂且不谈泽西。他既然说帝王要找我,就一定是有什么事,事不宜迟。我只好跟欧告别。

泽西急急忙忙地带我去见帝王。

待我行礼过后,帝王沉稳地说:"瑾·墨侯爵归来三年有余,想必已经适应这儿的环境了?"

"是,陛下。"我答应。

"我想,以你的能力,是否应该升为公爵了呢?"

"啊!谢陛下。"

"你先别急着谢我。墨舞国的爵位可不是我一句话就能晋升的,你还得通过晋升考核才行。"

"是。请问是怎样的考核呢?"倘若真晋升为公爵,便可说明我已超越原来的瑾·墨,成为真正的善舞之人,机会难得。

"如何考核自然是由我而定,到时你只管接诏应试便可。现在仅是提前告知于你,等时机成熟,我自会另行通知。"

几天晚上,我一直没有睡好,连做梦都在猜想,帝王会对我进行怎样的考核,遇到难题时我该怎么应对。我加紧练习舞技,随时准备接受帝王的考验。然而,一天过去了,两天过去了,平凡的日子丝毫没有显露出什么特别。

直到一日中午,泽西给我送来了一封帝王的密件。

我把密件打开——奇怪!什么也没有!再继续往下看,直到信纸的最后才看到一个"水"字。

"水"……这代表着什么?

我把纸翻来覆去好几遍,依旧没什么头绪。难不成要把纸泡在水里?我摸了摸这纸,从角上撕下一丁点来,扔在水中,只见那纸迅速变得松软,而后沉入水底,并无异样。若把所有纸都放进水里，岂不会毁掉整张纸？我见不妥，只好另想别招了。

我就这样像痴呆似的拨弄了一上午的纸，毫无进展，只得寻求他人帮助。

作为师傅的璘轩之平日里对我悉心教导，关心备至，我自然对他产生了不小的依赖，这次，恐怕又要麻烦他了。

我把晋升公爵的事告诉他，他却出乎意料地淡然，许久，我听到他沉闷的应答。

我一时摸不着头脑："怎么啦？"

"没什么，那你努力吧。找我有什么事吗？"

我把帝王的密件交给他，希望他能帮我破解。

"这……"璘轩之看了这张白纸后，稍稍皱了皱眉头，"水……"他开始念叨，开始思索。

璘轩之说："如果这是关于你晋升公爵的，那么首先就会考验你的舞技。"我静听着他的话，开始双眉微蹙地思虑。

依稀的光打在璘轩之的面孔上，清晰地勾勒出了他精致的五官，虽然时光已在他脸上留下了无情的痕迹，却并不影响他由内而外散发出的翩翩风度。有那么几秒，我就这样直愣愣地看着他。

他突然轻拍了一下木桌："想到了。"

我这才回过神来，急切询问。他指着附近的一壶水说："你用舞技来把这些水平铺在信上。是平铺，不是洒在上面！不要弄湿了纸。"

把水平铺在信上，但不要弄湿纸……我冥思苦想，终于想到了那次战胜紫纯时用的扇冰刀。那是舞技与巫术的结合,在创造它时是一时的灵感,完善它却花了不少工夫。

我打了一个响指,然后对璘轩之说:"我明白了——"

我先瞅准了水的位置,在心底进行了大体的估量。然后伸手在空中一划,扇子便出现在手中,水晶球也在附近的上空悬着。会心一笑后,把胳膊举过头顶,顺势打开扇子向下拉下,遮住脸,接着快速张开手臂收起扇子。一个完美的大跳后扇子再次打开,在空中与水晶球配合翻转,心中默念咒语。马上,一个扇冰刀出现,跟着,大群扇冰刀出现,来势汹汹,少有不惧者……整串动作协调迅速,毫不马虎。

利用扇冰刀牵引着水一起动,跃到信上。我渐渐挨近,透过水依稀看到信上出现了些许变化……是字,这些字就像是映在水里,不愧为帝王密件。

我定睛细看,上面是帝王手谕:

由瑾·墨侯爵自选本国三人协同,于三日后卯时,前往蝶韵城对面的墨林,接受晋升公爵考核。

若能成功完成任务,即可加官晋爵,获得公爵徽章。

祝你好运!

墨舞国第七世帝王魄弦

我虽然早已有些准备,但看到这信还是有些紧张。选哪三个人才可以帮助我安全通关呢,这倒是个问题。

泽西?紫纯?欧?韶?灵煦?还是璘轩之?我的脑海中出

现他们六个的名字。

这六个人中,我认为璘轩之做事最老到,所以我决定先问问他……

"不,我不合适!"

平常一向处处帮我的人,在关键时刻却为何不愿帮我?

璘轩之答:"我在蝶韵城待久了,不习惯外出。这里有种不同的气场,只有在这里,我才能把舞技施展到最好,何况,我还有重要的事脱不开身,你还是去寻别人吧。"

我有些沮丧,实在想不出,他能有什么事比我爵位的晋升还重要。

"对不起,恕我无能为力。"

回到宫殿里,心中在"璘轩之"三个字上画了道长长的斜线。现在,只有五个人可选了。

我想了想,是否可以带巫师去呢?正犯愁呢,突然想起,信上明明白白写着"本国"二字。得了,这下倒好,一下子删去了两个人,还剩三个,没啥可选的了,只能邀请灵煦、紫纯和泽西陪我同路了。

我先去告诉了泽西和紫纯,他俩二话不说,答应得甚是爽快。

到了灵煦这儿,还没等我开口,他就一脸厌恶地看着我:"说吧,又有什么事有求于我?多事的家伙。"

我听了气就不打一处来,可在这种时候,不收敛些怎么行呢?何况本就是有求于他,我只好耐着性子说:"是这样的,我要参加晋升公爵考核,希望你能陪我同去,助我一臂之力。"

"助你一臂之力?你晋升公爵与我有什么关系?凭什么要我帮你?凭你资质最深、法力最高,还是为人最好?"他说罢冷笑一声。

"我知道,"我有些死皮赖脸地,"我是资质不够深,法力也不怎么高强,为人……可能在你眼里也不是最好,但我这次是真的迫切需要你帮我。"

"拉倒吧,"他把脸凑得很近,说,"你以前不是很骄傲吗?"

"我没有骄傲,分明是你一直针锋相对。"

他听罢甚至没有回答,直接扭头离开了。

"等一下!"他在前大步走着,我紧跟其后,又不敢把他拦下。可他任我怎么喊,都像没听见一样,进了自己的宫殿,无奈,我只好在门外等他。

等了好久也不见他出来,站得太累了,就蹲了下来,继续等。突然,门开了,我惊喜地看去,却发现是仆人,让我有些失落。那仆人倒是吓了一跳,边忙行礼边说:"这不是瑾·墨侯爵吗?怎么在这儿蹲着?请屋里坐吧。"

好歹我也是这里有身份的人,在别人门前这样蹲着实在不像回事。我把仆人打发走,心想这下够丢人的。

我深呼了一口气,继续昏昏沉沉地等着。正要睡着,"吱啦"门开了。这一声门响,把我从昏昏欲睡中拉回来。灵煦已经走出好远了。我马上站起身,刚走两步就双腿生疼,该死,腿都麻了。我只好一瘸一拐地跑着追灵煦,那狼狈的样子肯定好笑。

听到身后异样的动静,灵煦回身,发现是我,有些吃惊地问:"你怎么还没走?"

"当然是在等你啊,希望你不计前嫌,能够相助。"我强赔着笑脸说。

他长叹一口气,无奈摆手:"我去就是了。"

我兴奋地道谢。万事俱备,只欠东风,我想。

我们永远无法拖住生命长河的尾巴,就像我总要面对一些事情。

已是半夜,冷冷的月光安静地铺在我的床头,我却难以入睡。紧张又激动的我,在床上翻来覆去,丝毫没有睡意。

晨曦刚露出第一缕阳光,我就惺忪着睡眼翻身而起。

"今天起得真早。"正在准备早餐的泽西说。

"这么重要的日子,怎么可能睡得踏实?"

太阳的光线很快变亮,匆匆几笔为树木画上荫蔽,鸟叫与蝉鸣糅合得恰到好处,唱响了整个夏天。

人全部到齐。帝王在墨林开口:"凡事都有个规则,爵位晋升也一样,不能松懈。地图授予你,你按照地图去寻找三朵罂粟花,那三朵罂粟花可不一般,都是各地的宝物。每完成一关后地图才会显现出下一去处。若能够拿到这三朵罂粟花,把它们带回来,我自会封你为公爵。"

说罢,一张地图就落在我手中,那历史沉淀下来的暗黄色让这地图无处不显得神秘。

"谢陛下!"我说。

帝王说："半个时辰后，你们就起程吧。你们只有七日的时间，倘若七日过后你们还没有完成任务，即为失败。"

"是！"我们齐声答应。

告别帝王，我们登上泽西早已备好的马车，直奔地图上所指的第一朵罂粟花所在地——无影岛。

马车刚驶出不远，紫纯便把目光转移到了我的手上："瑾，这指环哪来的？"

"噢，是欧得知我要接受晋爵考核，送给我的，说这指环有魔力，在危急时刻能派上用场，可惜他说这指环的魔力只能使用一次，不到万不得已不能使用。"说着，我想摘下它来给紫纯看，可那指环却纹丝不动，"怪了，这指环怎么摘不下来？"

灵煦闻声看向这儿，波澜不惊的脸上罕有地露出了惊诧之色："这不是巫族的魔力指环吗？它可是巫族的宝物。"

还没等我和紫纯的嘴巴合上，他接着说："这宝物是有灵性的，不是谁都能戴，也不是说摘就能摘的。"

我点了点头表示明白，然后说："戒指的上面是阳鱼，而下面是阴鱼，有点像凡间的阴阳八卦图。使用的时候，就得转动指环，把阴鱼转到上面，同时念出咒语，便可救我一命。"

"可谓阴阳运转，颠覆乾坤！"灵煦补充。

紫纯若有所思。我在心里再一次感谢欧。

马车快速前行，半天工夫，来到一个全然不同的境地，本该草木茂盛的季节，这里却出奇的荒凉，黄沙四起，令人毛骨悚然。

在这片荒凉里走了许久，终于远远地发现一座房子，大家为之一振，朝那幢房子赶了过去。来到近前，马车停了下来，我走在前面。

大门紧闭。

"咚咚咚！"叩门时所发出的声音，带着木的沉闷。

许久不见人开门，不免让我们有些失望，正打算放弃，门却"吱呀——"一声开了。开门的是一位须发皆白的老人。

"您好，请问我们能否借贵地歇息一下，讨碗水喝？"我试探地问。

老人打量一番："进来吧。"他的声音沙哑，只能勉强听得出他的话。

"谢谢！"

走进屋门，只见老人家里陈设简单，古拙的桌凳粗糙、简陋，尽显岁月沧桑。

"老人家，家里就您一人吗？"我问。

"是啊。"

"您为什么住在这么荒凉的地方呢？这附近怎么不见其他人家？"紫纯问道。

"别提了，这里的天气近几年特别怪，盛夏季节有时候飘起大雪，冬天气温也忽高忽低，连庄稼都种不成，原来生活在这儿的人们都搬走了，我一把老骨头，已经不起折腾，就留下了。对了，茶水在这，你们自便。"老人说着，指了指桌上的茶壶、茶碗。

"多谢！"壶里正泡着热茶，大家没有客气，自己动手倒茶。

"怎么会这样呢?"泽西喝了口茶,不解地问。

"东边离这不远有个无影岛,岛主有件宝物,是一朵很特别的罂粟花,据说这朵罂粟花朝向金、木、水、火、土所代表的不同方位,会影响附近的天气寒暑冷暖变化,而且罂粟花放置角度的立、斜、正、倒,还能掌控天气的风霜雨雪。无影岛岛主有个小女儿,岛主对她宠爱有加,可这小公主生性顽皮,经常拿岛上的这个宝物玩耍——"老人断断续续地说了下来,说罢又猛烈地咳嗽了几声。

"这么说,那就是我们要找的罂粟花了。"灵煦微微歪过头来,有些惊喜地说。

"你们要找那朵罂粟花?"老人提高了些声音。

"是啊,这就是我们此行的任务。"我说。

老人摆了摆手:"去不得!"

"为什么?"我们齐声问道。

"无影岛岛主性格不可捉摸,手下又有许多兵将,就凭你们几个人……"老人欲言又止,最后只是摇摇头。

我们互相看了一眼,紫纯说:"无影岛的情况我们也大致有所了解。但我们非去不可,而且一定要成功。"

老人的眼睛里露出一丝亮光:"年轻人,勇气可嘉,不过去无影岛可不那么容易。"

"噢,老前辈可否指点一二?"灵煦赶紧双手抱拳,施礼道。

老人捋捋胡须,点点头:"你们也许不知道,去无影岛没有任何路途可走,且既无船只也没桥梁,可说水陆不通。"

"这可怎么办?"紫纯大惊。

"莫急。"老人笑笑，慢悠悠地说："我教你们个咒语，到时自会帮你们穿行过海。"

"什么咒语？"紫纯着急地问。

老人倒不急，依然不紧不慢地说："跟我学：世间万物，皆有灵性，听我命令，劈海穿行。"说着，伸出手臂变换着动作，我们跟着老人念着，学着老人的招式。把这么古怪的动作做得有板有眼，若是换作在凡间，大家早就笑得找不着北了。此刻，我却在认真学着，不敢马虎。

"记住，这些一定要你们几个一起做，才能有足够大的能量。能否拿到那宝物，这就看你们年轻人的造化了。"老人叮嘱道。

"多谢老前辈指点，事不宜迟，我们就先告辞了。"灵煦起身。

我们一起站起来向老人告别。

老人有些不放心，边送我们出门，边说："从此去无影岛，虽路途不远，但处处暗藏险恶，不宜慢行，你们最好用舞技让马车快些。这样吧，你们上马车，我给你们施点力，不过能送多远就不一定了。"

"您这么大年纪了，这，怎么可以呢……"我正欲推脱。

"如果可以，那真是太好了。"灵煦抢过话去。

我瞪他一眼，心想：这灵煦怎么一点也不体恤老人，竟然接受得这么痛快？灵煦完全没有意识到这一点，毫无悔意。老人家听了灵煦的话，朝他笑着点了点头。

待我们都坐上马车，老人便施展舞技。只见他的舞技苍劲有力，散发出巨大的能量，看得出来，老人功底深厚。

马一声长长嘶鸣，开始飞速向前。

我对灵煦刚才痛快地接受老人的帮助，百思不得其解，很想问个明白。

按照地位来说，灵煦是公爵，在我之上，况且自我一来墨舞国，他就总挑我的刺，让我难堪，我对他难免有些畏怵之心。但按凡间的处事逻辑，我们是同辈的人，就应当平起平坐。何况现在已经离开了宫殿，脱离了上下级的关系，现在是以我为主的晋爵考核，就可不必过分在意等级了。

于是，我忍不住鼓起勇气，来到灵煦旁边，问他："为什么你刚刚答应得那么爽快？难道你没看到老人家年事已高？"

灵煦目视前方，说："虽然他装作身体虚弱，把自己双眸的蓝紫色变淡，但还是遮不住眼神中的光芒。"

紫纯想了想说："不错，我看到他用舞技的时候，那功力，连青壮年也未必能及。"

"与其你推我让，浪费时间，还不如痛快地接受他的帮助。"灵煦又道。

我不解地问："他为什么要把自己变得如此老弱？"

"不知道，或许是魄弦帝王派来的人。"灵煦还是望着前方，目不斜视。

说话间，感觉车行速度越来越慢，我问："怎么回事，是老人家的舞技法力消失了吗？"

"是到了。"灵煦说着就已下车。

我也连忙跟着跳下车,看着眼前一片辽阔的大海汹涌澎湃,不禁感叹道:"真美!"紫纯和泽西也感叹着,跳下车。

　　"我们可不是来欣赏海景的,得立刻行动。"灵煦的话就像一瓢冷水浇灭了大家的热情,大家一下子安静了下来,相互看了一眼,心领神会。"世间万物,皆有灵性,听我命令,劈海穿行!"大家声如一线。果真,海中的水劈开了一条路。

　　我们赶紧坐上马车前行,不久就到了岛上。岛上杂草丛生,并无屋舍。

　　"奇怪啊,不像是有人住在这儿啊。"紫纯说。

　　我也正纳闷,却见泽西指着左边喊道:"快看,那里有人!"顺着他指的方向看过去,一个孩童出现在我们视线里。

　　"啊,好漂亮的小姑娘……"我小声感叹,慢慢走近她,生怕吓着她。

　　"你好!"我轻声地和她打招呼。

　　"你们是谁?怎么以前没见过。"她神情坦然,没有丝毫畏惧之色。

　　"我们……我们是从远方来的。你叫什么名字啊?"我问。

　　"难怪没见过。我叫露莉亚。"她漫不经心地回答。

　　"你的家人呢?"泽西问。

　　"在这岛城啊。"她手随便一指。

　　"这里这么荒凉,哪有什么岛城?"泽西有些纳闷。

　　"你家离这很远吗?"紫纯看看四周,追问道。

　　"喂,你们怎么那么多问题啊!"露莉亚不耐烦了,说罢走出几步一转身不见了。

"这孩子怎么不见了,怎么回事啊!"紫纯叫道。

"这里必有蹊跷,跟上。"灵煦说着,紧走几步,也如露莉亚那般转身,竟然也不见了。我们几个赶紧效仿,纷纷跟了过去。

见我们跟来,灵煦说:"这是入岛城之门,幸亏我们运气好,遇到那个小女孩,要不然找寻还真是费劲儿。"

进了岛城,放眼一看,这里别有洞天,树木茂盛,房屋在林中若隐若现。我正看得出神,泽西轻轻碰了我一下,示意我看前方,远远看到露莉亚,从其身边走过的人都恭恭敬敬地向她施礼。

"难道这露莉亚就是那公主?"泽西低语道。

大家点点头,不约而同地跟随在露莉亚身后,来到岛城中心一座有守兵把守的宫殿前,看到她旁若无人地走进去。

"这应该就是岛主的宫殿。"我说。

灵煦观察了一下四周,说:"在此待久了会引人注意,我们先走吧。"大家随即离开。

我们在岛城找了个僻静处落脚,聚在一起商量下一步的行动。"要先打探好宫殿的布局,摸准罂粟花所在,切忌打草惊蛇。"我说。

"嗯,"灵煦点头,"今晚我和紫纯就去打探。"

晚间一炷香的工夫,紫纯气喘吁吁地跟在灵煦后面从宫殿回来。

"怎么样?"一见到他们,我就着急地问。

灵煦用树枝，在地上边画边讲："这里是正门，门口有重兵把守，所以我们定然不能从这里进去。从正门往里走，在整个宫殿正中间的就是罂粟花所在的地方。它后面，是岛主的寝宫，再往后，就是花园，这里的巡逻看上去比较松懈。西面是仆人们住的地方。而东面，是马圈。"

"还有，一些士兵会围绕这中间的宫室不停地巡逻。"紫纯提醒大家。

"好，那我们等明晚岛主入睡时行动，瞅准时机，从后面花园进入，再绕到马圈，使用'幻移术'进到宫里面。手脚一定得麻利！"我说。

"知道了！"他们一同回答。

"那好，大家暂且休息一下，养好精神。"我说。

眼看就要接受第一关的考验了，我心里忐忑不安。要知道这次真枪实战，让三个人伴我闯关，我也理应保证三人的安全。他们都是墨舞国的精英。

夜深人静。

"大家都准备好了吧？我们要行动了。"我催促着又不忘再次叮嘱。

"没问题，我们走！"紫纯又变成了冷静、孤傲、办事麻利的状态，率先走在前面，我们紧跟其后。等到了宫殿，我们用舞技跳到花园的后墙上，我用手比画了一下我们要经过的路，大家点头示意。

见没人巡逻，我们就从墙上跳了进去，花园里花开正盛，依稀还能闻到百花香味,若有日光照耀,这儿定然美得让人叹为观止。

来不及欣赏美景,我们巧妙地闪躲着巡逻兵,很快到了马圈。大家轻轻地溜进马圈。不敢发出丁点响声,以免惊了马群。

从马圈往外看去,大批的巡逻兵正从殿前经过,时机已到,我们瞅准巡逻队伍交替的间隙,一同幻移到了大殿内。

"还好没人发现。一切顺利!"紫纯松了口气,压低声音说。

我正庆幸,却听灵煦突然问:"泽西呢?"

一看身边,泽西没有跟来,紫纯着急地说:"这怎么办?"

"没事,相信泽西可以保护好自己。"我安慰紫纯,更像是安慰自己。我可不想因为我晋升爵位的事,让他有生命危险。

"希望如此……"紫纯咬了咬嘴唇。

"先别担心泽西了。快点找罂粟花吧,时间久了会被发现的。"灵煦在旁提醒道,我立马不敢再分神。既然我们已经进来了,当务之急就是要找到罂粟花。

我们三个分头行动,从不同的方向搜寻,每个抽屉、角落都不放过,可始终不见罂粟花的影子。

"没有……"过了会儿,大家凑到一起相互无奈地摇摇头。

"那怎么办?"紫纯说。

"再找找,要是实在找不到,我们就先回去,从长计议……"我话音未落,一张渔网模样的东西从天而降,一下把我们罩在里面。

我们急欲脱身,可这"渔网"却如金钟般沉重,任凭我们几个怎样使用舞技,也无法将其挣脱。

这时，大殿里的壁灯一下子亮了，一个低沉的男声从宫门口传来："你们几个就别费劲儿了，劝你们乖乖地束手就擒，如果本岛主心情好，兴许还能饶你们一条性命。"我们闻声看去，只见宫门口站着一位中年男人，身后跟着一队卫兵，那男人气质非凡，想必就是岛主。

见我们不甘被擒，他不屑地说："这张网可是上代岛主联合所有大臣，用法力集结而成，就凭你们的法力，是逃不出来的。既然你们喜欢折腾，本岛主就先去睡一觉，等天亮再来处罚你们！"

岛主又转身对身后的女孩温柔地说："好女儿，这次多亏你，才未让罂粟花落入他人之手。"

女孩发出清脆而怪异的笑声，说："那当然，我就知道他们有鬼。"

我们几个不约而同地朝岛主身后看去，我和紫纯不禁异口同声地喊道："露莉亚！"

露莉亚朝我们走了过来，我对她说："露莉亚，你怎么知道我们会来？"

"岛上少有外人进入，你们几个的到来已经引起我的注意，又鬼鬼祟祟地跟在我身后那么久，一猜就知打罂粟花的主意。要知道这罂粟花有多少人觊觎，不提防怎行？"露莉亚说着，脸上满是得意，见我们都愣在那里，又补上了句，"对了，你们要是再敢在无影岛撒野，最好先想想后果！"这可真不像是个八九岁孩子说出的话。

岛主听了哈哈大笑起来，得意地带着露莉亚和一部分士兵离开。

露莉亚离去，周围却仍有士兵层层把守。冷风在夜里肆意吹刮着，士兵严阵以待，眼睛死死盯着我们几个，时刻拿着兵器以防不测；我们也沉默着，默契地故作降服状，内心却在想如何脱身。

虽说罩住我们的网坚不可摧，却是在上空悬着的。我仔细观察四周，发现那个船舵似的控制网的手柄，就在大殿门口左侧。但我们任何举动都会被士兵发现，我想，当务之急就是用巫术催眠士兵，然后再想办法脱身。

我向他们使个眼色，他们明白我意图后，有意帮我遮挡。我开始使用巫术。

不一会儿，大殿内所有士兵都悄无声息地昏睡了过去。我们正想用舞技撬开这看似轻柔却坚实似铁罩的"渔网"时，听到窗外有动静，吓得我们不敢动弹。然而破窗而入的，却是泽西！

泽西的到来让我们惊喜不已，我指了指大殿门口的控制手柄，他三步并作两步走到大门左侧，转开了开关。我们从"渔网"出来，顺利逃出大殿，潜入宫中。

原来泽西不小心跟丢，就伪装成仆人混了进来，正寻我们时，恰巧看到我们被擒，于是伺机相救。没想到泽西的跟丢竟歪打正着，救我们于危难之中，过了这一关，让我们长舒一口气。

"既然我们来取罂粟花的事已被他们猜中，岛主肯定会有所提防。"

灵煦接着我的话说了下去："岛主也一定事先把罂粟花转移。那么现在，罂粟花一定就在——"

"岛主的寝宫！"我们齐声说。

深夜里，宫中行走的人愈来愈少。静谧中，月亮在云层中时隐时现，我们穿梭在草丛与树木之间，绕开巡逻士兵，抵达岛主的寝宫。

寝宫的前方和两侧都有士兵巡逻，而后方是茂密的草丛，我们藏身于草丛中，我和灵煦用舞技贴在墙边，将窗户微微打开一条小缝，果然，罂粟花在寝宫，在黑夜中散发着彩色光芒。确定罂粟花在寝宫内，我俩退了回来。

"我们该如何拿到？"泽西问，"倘若幻移进宫，恐怕也会惊动守兵，而且进去后多半有机关，实在没把握。"

紫纯却说："不过我们得速战速决，在这儿待久了，岂不是更不安全？"

大家又陷入沉思。

我的手恰好摸到水晶球，便说："有了，我们都不用进去，用这个！"说着，我把水晶球拿了出来。

"巫术？"紫纯诧异。

我摸了摸水晶球，又朝大家点点头："正是，我用'意控术'把罂粟花移出即可。"

"这能行吗？"泽西看看我，又看看寝宫。

"你还不相信我？我练了这么久的巫术，都算半个巫族人了。"我说。

"那好，赶快行动。"灵煦说罢，他们三个分散在我周围，我迅速做法，熟练地运用巫术中的意念转移术，轻松把罂粟花移出窗外。

罂粟花到手！

我们把这散发着彩色光芒的罂粟花放进包裹里，飞速离开这是非之地。

月色冷冷，夏日里的夜晚被点上了稀疏的星光。天空那边，似有悠扬笛声，隐隐约约，轻柔婉转。

清晨的阳光慵懒地将黑白世界换成了彩色。返回途中，路过先前老人住处，本想告诉他我们拿到罂粟花的喜讯，可老人并不在家，我们只好继续赶路。

正要走，泽西突然建议："既然我们已得到了罂粟花，临走前，何不借罂粟花神力改善好这儿的气候，也算回报了老人，并造福更多子民。"

我们眼前一亮，此提议甚妙，我说："那还不快点！"

说罢，我们四个分别站在四个角上，开始使出自己不同的舞技。眼看被放在中间的罂粟花缓缓升起，发出耀眼的光芒，这束强光普照大地，万物萌动，重新焕发了生机，罂粟花也稳稳地落到了我的手中，这让我们不得不惊异于罂粟花的神奇。

"原来这里也可以变得如此美好。"紫纯张开双臂，惊叫道。

"好了，现在大功告成，我们可以安心上路了吧？"泽西也轻松地说。

"相信以后会有很多人搬回这里的。"我说。

"别高兴太早,尽快赶路。"灵煦提醒。

几人弓腰钻进马车。考核未完,我们怎敢懈怠?

伍 / 节外生枝

"走了。"灵煦说着,开始往外走,"背对着是永远解决不了问题的,你得转过身来,面对它。"

赶了半天的路程，看到前方有家客栈，灵煦提议去客栈歇息，大家极累，自是赞同。

一进客栈，店家就对我们笑脸相迎："客官，住店吗？"

"要两个干净的房间！"我说。

"好嘞！阿成，带客官过去。"店家大声吆喝道。

一个眉目清秀的男子跑了过来，对我们礼貌地笑笑："几位，请跟我来。"

我们一同跟着阿成去了房间。吃过晚饭，大家都十分疲惫，便早早歇息，因为只有养好精神，全力应对，才能顺利闯过第二关。

深夜，窗外下起了细雨，雨点轻轻叩打着门窗，却并没有吵醒大家的好梦。相反，雨点声更像是轻柔的摇篮曲，净化着一颗颗浮躁的心。

睡梦中，夜晚悄悄逝去，我们又迎来了另一个黎明。

刚吃过早饭，紫纯就开始催："快些打开地图，查看下一关路线！"

泽西答应着，打开包裹，大家一起期待地看着泽西，只见他翻着包裹，神色慌张起来："地，地图……地图怎么不见了……"

"地图不见了？"灵煦反问道。

我感到背后出了一阵冷汗。

泽西翻着包裹的手已经开始颤抖起来。

"地图不见了！怎么可能呢？"紫纯大声叫道。几人一起翻看着包裹，不敢相信地图会丢失，那可是大家下一步行动的指明灯，也是我的未来。

"别翻了。看来确实是丢了。"我尽量让自己的语气平静下来。

紫纯抬起头来看了我一眼，我马上意识到，自己刚刚那句话里，还是裹了一层厚厚的失落。

"对不起，对不起……对不起……"泽西目光呆滞地重复着。

"竟然把这么珍贵的东西弄丢，怎可如此大意！"灵煦愤愤地说着。

我胡乱猜测说："也许泽西把地图落在客房了吧？"

泽西听了就跑向他和灵煦的房间，我们三个也急忙跟了进去。

我们把最后一线希望寄托在房间里，急不可待地在客房翻箱倒柜搜寻着。

我们的动静最终引来了并不友善的店小二阿成："喂，你们在翻箱倒柜地做什么？是来住店还是来砸店啊？"

"啊，对不起！我们有一件重要的东西找不到了，所以……"我只好道歉。

阿成不满地说:"说不定是你们自己在路上丢了,在这儿乱翻什么。"

阿成不满地离开,我们最终找遍了整个房间也没见到地图的影子。面对现实,我心中实在难以接受,但事已如此,说别的也无用。"算了,也许命该如此。什么爵位高低,无所谓了!"我突然一副很轻松的样子,心里却是拧着个儿地难受。

我们已经出来三天了,眼看时间已经过去近半,我们不但任务没有完成,反倒半途中丢了地图。这下可好,只能眼睁睁看着时间流走。

"丢了东西就得找,不找它自己不会回来。"这时灵煦突然说。

"怎么会突然不见了呢?真见鬼!"紫纯无奈地感叹着。

听到这些,我突然受到启发,说:"没错,就是见鬼。"我接着说,"你们仔细想想看,从昨晚到现在,我们并没有去其他什么地方,包括泽西。"我说。

"你怀疑是被人偷了?"紫纯诧异。

"有这种可能。"我答应着。

"可什么人会偷我们的地图?他们为什么不偷别的,偏偏只偷地图?这……好像又说不通……"灵煦低头思考着。可我理不出个头绪,现在好像所有的设想都成立,又都不成立,就像大雾中的人,根本不清楚哪里才是正确的方向。

"我……"我吞吞吐吐不知该说什么好。

"刚刚不是挺有主见的嘛!"灵煦的话里显然带了些讽刺。

我有些不知所措,紧皱起了眉,故意转过身去背对着他。

没想到灵煦却一下子笑开了，这声笑让我摸不着边际。

"走了。"灵煦说着，开始往外走，"背对着是永远解决不了问题的，你得转过身来，面对它。"

大家正愁眉不展，这时阿成端着菜过来："你们的菜。"他上下打量了我们一眼，嘴角微微浮出一丝笑意，放下菜，然后转身离去。

大家看着饭菜，没有任何的胃口。看到大家愁眉苦脸，紫纯在旁说道："这菜看起来不错嘛，快让我尝尝。"

灵煦迅速拦住紫纯："急什么？我还没吃呢。"说着竟然诡秘地笑了一下，拿出随身携带的银针，插进菜中。我们没有说话，只是专注地看着那根银针，只一会儿银针就变黑了。

果真有毒。

灵煦手一松，银针全部滑到了盘里，立马全变成了乌黑乌黑的。我好像都能听到它变黑时发出的声音，是单调的，突兀的，令人毛骨悚然的那种声音。

时间定格在空气里。

灵煦第一个回过神来，转头看向阿成的背影，说："小心驶得万年船。这个阿成，我们该去查查了。"

"好。"我们齐声答应。

阿成看到我们来到厨房，神情一下子紧张起来，躲闪着我们几人的目光，假装若无其事地想从旁边溜走。

我便大声喊道："阿成！"本想叫住他问个究竟，没想到他听到我的喊叫，反而走得更快了。我们连忙追过去，阿成也不相让，竟快步跑出了客栈。事情发展到这种地步，大家也都心知肚明了，若不是阿成干的，他也不会心虚逃跑。

没有问出个所以然，我不会轻易对阿成使用舞技。我们在后面紧追不舍，耳边是呼呼作响的风声，周围树木化作绿影在眼角飞速逝去，而我的目光却紧锁在阿成身上。

我知道他是跑不掉的，眼看就要抓到他了！

然而，就在这时，"嗖、嗖、嗖"从身后飞来三把冰刀，带着银白色的光芒和难以抵抗的寒气，直插入阿成的后背，处处都是致命之伤。

我回头看到使用冰刀的泽西，埋怨地大叫："泽西！"

泽西好像并不知自己做错了什么，愣愣地看着我们走到阿成身边。泽西用的这招舞技杀伤力十分惊人，阿成当场毙命。

灵煦看到阿成已气息全无后，满面怒色，攥紧了拳头朝向泽西。泽西这时才意识到自己的错误，认错的同时也不忘为自己说情："对不起，都怪我一时冲动……可是阿成也绝非善类，杀掉以除后患。"

"以除后患？你这哪是除后患，分明是断后路！"紫纯生气地说。

而我在一旁拼命拉住怒气冲天的灵煦，以免他对泽西使用舞技，我能清晰地看到他脸上青筋爆出，那愤怒的火光似乎在他的目中燃烧。

我心底也是埋怨泽西的，他一次又一次的失误已经难以让人心平气和地包容。可毕竟我们是一个整体，有同样的目标，若是松散得像一把沙子,还如何完成任务?我只得尽量缓和这针锋相对的气氛:"人已经死了,我们还是看看他身上有没有线索吧!"

在我竭力劝说之下,灵煦才渐渐恢复了平静。

果然,我们在阿成的衣袋中,发现了无影岛岛主给他的密函,信上指示阿成杀掉我们,夺回罂粟花。

我们几个盯着那份密函久久不语。我心想,这阿成果真想要置我们于死地,就知道这第一关没那么简单。泽西首先打破了周围的宁静:"我就说这阿成图谋不轨。看来地图丢失一事,也定是他所为。"

"可是,如果真的是他拿走了地图,那么他一死,我们去哪找地图?"紫纯问。

没错,这样一来,我们的线索,就全断了!

一筹莫展之时,我突然想到了欧。没错,他综观全局,定能够知道地图的去处。然而现在使用指环未免太早,心里沟通的法子现在也是用不成的,但是——

掐指算来,今天正是月圆之夜,不愧为天时地利人和,一条妙计在心底油然而生。

我招呼大家:"大家听我说,我料定韶的弟弟——欧,能用巫术探出地图的下落。"

"这倒不假,可是他在墨城,你怎能联系到他?"灵煦问。

"这也不是没有办法。"我微微一笑,说。

众人瞬间目光灼灼,等待下文。

"巫族有种特殊的心灵沟通方式叫作月下三寸影，可以做到这种远距离心灵沟通，只是此术会使人元气大伤，甚至致死。虽然只有三成把握能够成功，但也值得一试。"我说。

"三成？倘若不成功，你可能一命呜呼不是？试不得！"紫纯连连摆手，惊讶写满脸。

"太危险了，还是不试为妙。"泽西摸摸下巴，赞同紫纯的意见。

我下意识地看了一眼灵煦，灵煦不语，我知道他心中也正纠结。

"我倒觉得，大家耗在这儿也不是个办法，不如一试，兴许能成功。"过了一会儿，灵煦像是下定了决心，说道。

没错，耗在这儿不可能成功。我对灵煦说："今晚，我就去使用月下三寸影试试。"

"今晚我陪你一起去。"灵煦看着我，一字一顿地说。

"好。"我点头。我一同意，泽西和紫纯也要同去，却被灵煦一句"不可"，压得没有了声音。灵煦的理由是，人去多了没用，只会扰乱我的心境。

到了晚上，灵煦竟然比我还着急，月亮刚出来，他拉着我就往屋顶天台走。不会是巴不得我元气耗尽而死吧？

我只好加快步子跟在他后面："是要去天台吗？找块空地不就行了吗？"

"不行。我们这里只有天台离月亮最近，应该会对你有帮助。"灵煦说着，继续往前走。

"你担心的还真不少,连距离也……"我想讽刺他,没想到他却立马说:"是怕你没有实力。毕竟不是巫族人,会不会巫术是一回事,行不行得通又是另一回事。"

"你……"当我正要反驳时,我们已经到天台了,于是我没有再说下去。

"快开始吧。"灵煦着急地催促道。

我正准备答应,一抬头,马上就愣住了。

灵煦正疑惑,便随着我的目光向上看去,接着,眼就开始在上空四处搜寻,然后,眼神慢慢呆滞。

月圆夜倒是不错,但今晚乌云遮月。

除了层层浓重的乌云,天空只剩下无尽的黑,黑到让人心里发慌。

看不到月亮。

"月亮被云遮住了,也许等一会儿就好了。"灵煦无奈地说,其实他也不知道今晚月亮能不能出现。

可是,我突然意识到,事情并没有那么简单。

我整个人都傻在那里,表情僵硬地说:"如果只是月亮被挡住了的话就好了。"

"你这话什么意思?"灵煦诧异地问。

"我……其实我并不知道那巫术完整的使用方法。"我感觉手心里无端地冒出冷汗,眼前的画面也有点模糊。这可是我们最后的希望。

"什么?"灵煦惊呆了,"你刚刚说什么?"

"我并不知道那'月下三寸影'的完整的使用方法。"我又重复了一遍，腿终于不能支撑整个身子的重量，一下子瘫坐在地上。

"咚!"灵煦攥起拳狠狠地往墙上一捶，声音大到墙发出低沉回音。

他现在也如我一样绝望吧。

也许是现实打击得我有些颓废，也许是因为天台太高，衣服单薄，风冷到让人打寒噤。坐了很久，头顶上的月亮并没有变化，还是被乌云盖得严严实实。情况看起来实在有些糟糕，毫无转机。天黑得太过深邃，让人压抑、无力。

时间过得很慢，脑子一片空白。

"站起来吧。"灵煦向我伸出了手，想拉我起来。

"嗯?"我的回答有些迟钝，不知灵煦要做什么。

"站起来吧。你不是说过吗，没多少时间了。"灵煦的手依然伸在我面前。

"这……什么意思?"我说。

"总不能在这儿干耗着。站起来，我们根据你所知道的试试吧。"灵煦说，"现在没别的办法了，只能碰碰运气，哪怕只有一丝希望。如果不试，就连一丝希望都不会有。"

灵煦没有放弃，既然如此，我更不该颓败地坐以待毙。我站起身，重新燃起斗志。

"我们得让月亮出来。"灵煦说。

"我们让月亮出来?"我不相信，"这阴晴圆缺可不是我们能控制的。"

"那可不一定。"灵煦说。

"可是，我并不知道让乌云散开的舞技。"我说。

"每个人有自己独特的舞技，虽然不能保证绝对有效，但我确实知道一种能驱走云雾的舞技，只是从来没试过。"灵煦说着开始施展舞技，随着他舞技的强大法力，不知从哪冒出许多树叶，跟着他的手势不断舞着。然后树叶开始聚集，向上空飞去。叶的舞动带来了一阵阵风，风越来越大，把我和灵煦的头发吹得几乎遮住面孔。

灵煦好像丝毫没有被风打扰，继续施展着舞技的法力。风更大了，像是拧成了一股，在树叶的带动下，开始向上、向上……

直到风到了离我们很远的高空，灵煦才收手。"等风吹走乌云大概还有一段时间。你先来回忆一下关于使用'月下三寸影'的那些技法。"

"好。当时欧告诉我，'月下三寸影'里的'三'有四重意思。我只知道第一重，就是要在月圆之夜，在月光与影子交界的三寸处，把水晶球与月亮怎样怎样的……"我也意识到自己了解的实在不算多，这样一来，我们成功的概率就会变得很小。

"你连第一重意思都知道得不完整？"灵煦说。

"我说过不知道'月下三寸影'如何使用的全部了。我就说过行不通啊。"我懊恼地说。

"行得通，一定会行得通。"灵煦给我打着气说，"我们开始吧，慢慢来，会发现正确的方法。"

"那好。"我答应之后就准备开始了。随便拽了拽衣服，说："我们得先从知道的开始做起。"

"嗯，挨个慢点说，我兴许可以帮你想一下该怎样做。"灵煦说。

"首先，是要在月光与影子交界的三寸处。"我说。

"月光、影子，还只要三寸……"灵煦用手比画了一下三寸的长度，"这么点，这长度要怎么把握？"

"是有点难，不过，应该有方法。"我让自己尽力放松下来。

"那得先找月光和影子的交界。"灵煦建议。

"这倒不错，"我答应后，就开始用目光搜寻哪里有影子，哪里有月光，而哪里是它们的交界处，"看，这儿好像不错。"我指着灵煦背后。

灵煦后面，是一堆石块。

真是万幸，那些石块都是完整的、方方正正的。

"我们要把它们垒成一面墙吗？"灵煦问。

"是的，现在这是唯一的办法了。"我微微一笑，还好，天无绝人之路。

灵煦不甘心地在天台转了一整圈，连小角落都没有放过，能找的地方都找了个遍，实在是没发现更合适的。

"那好吧，"灵煦说，"这可真是费时又费力的事。"

我走上前去，靠近那堆石块，拍拍手，准备开始搬。

"喂，你在干吗！"灵煦在我身后不解地大吼。

"搬石块啊，还能干吗？"我很自然地说，"你别傻站在那儿，快来一起搬，这才会更快些。"

"你脑子被门挤了吧，放着好端端的舞技不用，改用手来搬？是觉得自己精力充沛还是体力旺盛？"灵煦把我数落一番，说得我真像脑残一样。

"可我总感觉用舞技行不通。"我惴惴不安地说,直觉告诉我在这时候用舞技会显得有些不真诚。

"你试过了吗?没试过就说不行。"灵煦继续数落我,但手上已经开始准备使用舞技了。他既然愿意耗费体力就让他试吧,说不定能行,也省了我的麻烦;倘若不行,也就有了理由让他好好搬石块。

灵煦慢慢闭上了眼睛,面朝那堆石块,手指已经开始在酝酿力量。我抬头看看天空,月亮已经露出了一个小角,依稀发出些光芒;再看看地下,脚下已经有了我们淡淡的影子。

终于,又是树叶带领着一股力量,缓缓而有力地聚集,那些树叶围着这堆石块转了几圈,之后带着它们重新排序,有条不紊地依次落下。很快,那些石块都像一个个孩子一样,极其乖巧地累积成了一堵墙,然后一动不动,像是已经砌好的。

"怎么样?这比你的方法简单省力多了吧。"灵煦看看那刚刚垒成的墙,又看了看我,得意地说。

我正要对他伸出大拇指称赞,却一下子瞄到地上,想要称赞的心情顿无。

我绕着这面墙转了几圈,最终确定地说:"没有影子啊灵煦。大概是因为使用的是舞技吧,不真实的。"

"怎么会这样……"灵煦不太相信。

"这是我们的测试,就可能在任何时候遇到难题和各种不可能。"我说。

"别在这儿装高深,还不赶紧把它们弄下来重新垒。不过,月亮开始慢慢出来了，还算没有白费心思。"灵煦看看墙，又看看天空说道。

就这样，我和灵煦又一点一点把灵煦用舞技垒好的墙全部拆了下来。花了这么久的时间，才把它垒到原先的一半高度，真是让人懊恼。

"继续吧，事情既然开始了，就别放弃。"灵煦好像看穿了我的心思，奇怪，他可不会什么"读心术"。

"好，现在，开始再把它们摞起来。"我接着看了一眼头顶的月亮，"月亮已经露出四分之一了，看来我们得快点了。"

用心做一件事的时候，时间总是会过得飞快。

影子终于越来越长——墙在慢慢变高。

"别说，还真有点累。"我直起身来捶捶腰，然后继续搬、垒，就像个苦工。

我向灵煦诉苦，灵煦也丝毫没有反应，不是爱答不理，是根本没工夫回答。灵煦认真的样子会让人产生错觉，觉得他其实脾气也并不是那么差——大概只是错觉。

墙终于垒好了，实在是不容易。

"那么接下来呢？"我问灵煦。

"你在问我吗？你觉得你应该问我吗？"灵煦漂亮地干完一件事之后才会放松，然后恢复原来的烂脾气。

"接下来就更难搞懂了。月光与影子交界处的三寸，是往影子里面数三寸呢，还是往影子外数三寸？月光和水晶球之间又有什么联系？"我看似在问灵煦，其实同样在问我自己。

"现在没有什么捷径，只能辛苦你挨个试一下了。"灵煦整整头发，把"辛苦你"说得格外小声。

"哦？你刚刚说我辛苦吗？"我不知道为什么突然很高兴，没想到这家伙还知道别人辛苦，我一边说，一边开始翻找我的水晶球。

"有吗？你听错了吧，我是说我会很辛苦，跟你这样的人一起搭档做事会辛苦。"灵煦有点后悔刚刚的说法，于是急忙改口，又装得很不在乎，牵强地辩解着。我偷偷一笑，又强忍住，赶紧把脸沉了下来，不然又要挨骂了。

这时，我已经找到水晶球，心里微微松了一口气，要是连水晶球也忘了带，那可真没戏了。

灵煦无奈地冷笑一声。

见灵煦不说话，定是在心里想什么，便想用巫术去听他的内心。一不做二不休，马上开始用巫术。可是……他心里的声音真是一团糟，全都是模糊的，根本听不出什么，但他又没有刻意抵挡。我使用巫术这么久，听取他人内心这种简单的巫术早就用得烂熟，可以说从来没出现过失误，现在这种情况还真是奇怪了。我心想不会是因为离他太远的缘故吧，于是慢慢朝他靠近，没注意到灵煦正斜眼瞥我。

"搞什么啊！"我忍不住说道，又意识到自己不该说这句话，会让灵煦注意到。我慢慢把脸转向旁边，因为他比我高，所以还要再往上转转，小心地把目光移向他，发现他已经盯了我好久，我的目光又一次直愣愣地碰到了他那深邃得像大海的眼睛，吓得我失声叫出来。

灵煦马上捂住我的嘴,说:"你以为现在是什么时候啊,大半夜的会吵醒别人的,我们要是被发现也会对行动不利,知道吗!"

我使劲儿点点头。这样,他才慢慢把手放下来。

我松了一口气,不知是因为憋得难受,还是因为灵煦没有发现我试图听他内心的事。

月亮已经露出大半。

"嗯……如果是你来使用巫术的话,要站在交界的三寸处,可你这么大,三寸的话,定不能把握准确。"灵煦在原地踱步分析。

而我开始在不同的地方用水晶球比画,看看到底哪里是正确的地方。我先站在离交界处三寸有月光的地方用手握着使用巫术,因为实在没有头绪,只好尝试用几个巫术,看能不能碰上。不过我的运气没有那么好,水晶球还是水晶球,月亮还是月亮,根本没有明显变化。

我想到了最原始的心理沟通的方法。

"灵煦,快来帮我拿一下,我再试一次。"我对灵煦说,然后急急地把水晶球交给灵煦。灵煦看了看手中的水晶球,问:"要我怎么拿?"

"嗯……这样吧,我来。"我把水晶球拿过来放在我面前冲着月光的地方,然后固定到恰当的位置,说,"就在这儿吧,我试一下。"

灵煦答应着,拿好水晶球,一动也不动。

我的眼、水晶球、月亮,三点一线,这会不会是第二重意思呢？我猜。并不是没有这个可能。

灵煦很认真地帮我拿着，一动不动。

我十指交叉相扣，两手拇指相绕转动三圈后，两拇指指尖相对，心中默念"天灵地聪，吾心相通"，再在胸前写一个"欧"字，这就是最常用的心理沟通的方法。然后我把原本就可以自动连到欧身上的信号通过水晶球发出。一秒——两秒——三秒——信号消失。

"什么啊！真是的，根本没有用啊……"我有些失望。

"我帮你拿着水晶球，你再到影子里面试试吧，说不定能行。"灵煦这是怎么了，脾气突然变得这么好。

像灵煦说的那样，我在影子里试了一次，不过还是没效果。但我发现，只有在影子里才能够看到外面所有的月光，就像只有身处黑暗才能看到外面更多的光明一样。所以说，欧说的距影子、月光交界三寸处，应该是指的从交界处向影子里数三寸长。

不过即使这样，我们到目前为止还是没有完全发现"月下三寸影"的使用方法，所以要做的还有很多。

灵煦先前使用的舞技起作用了，整个月亮已经全部露出，在这万般不幸的事情一齐发生时，这可真是一件值得庆幸的事了。

我继续试着各种方法，试得次数越多，越觉得在影子里使用巫术是正确的。

"有没有什么能够使人变大变小呢。"灵煦嘀咕着，我听不清楚他说的什么，又见他思考得十分投入，便没有问他，仍旧忙于寻找正确的方法。

　　事情又不顺了。对这"月下三寸影"的发现好像只是卡在这里，好久了也没什么进展。这使我有些泄气，不过灵煦根本不受影响。

　　鬼知道灵煦今晚是受了什么刺激，竟然变得这么有耐心、这么好脾气，而且做事还全身心投入，无论遇上什么磕磕绊绊都毫不懈怠，完全像是另一个人。他的每次表现都会让我瞠目结舌，在没有确定这一刻他的性格变成如何时，做事还是小心为妙，我想。

　　"瑾。"灵煦突然叫我。他一副深思的样子，让我有些不敢确定，怀疑自己的耳朵听错了，于是便问："是在叫我吗？"

　　"嗯，"灵煦试探地问道，"瑾，你知不知道某种巫术可以把人变大或变小呢？比如，把人变成三寸之类……"

　　"什么？把人变大变小？"我有些吃惊，纳闷灵煦怎么会突然问这么荒唐的话，"你也太会开玩笑了，这是巫术，不是魔术，你以为这是什么啊，怎么可能会有这……"

　　我说到一半突然想了起来，于是就像被凝固住了似的，将要脱口而出的话咽了下去。

　　刚刚被我嘲笑一番的灵煦心里不是滋味，又发现我愣在那里不动，于是就把手伸到我眼前晃了晃，问："你怎么了？有什么问题吗？"

　　我这才回过神来，一把把灵煦的手从我眼前拽下来，说："还真有……"

"真的？"灵煦惊喜地说，"真的有这种巫术吗？可以把人变成只有三寸的巫术？"

"这倒不是，"我说，"真实的世界里怎么可能把人肉体随意变大变小呢。最起码巫术或者舞技是做不到的。"

"那你还说可以……"灵煦又失落又有些恼火。

我怕他又如原来一样发脾气，还是不要大喘气，赶紧把话完整地说比较好："但有一种巫术，虽然不能凭空把人变大变小，但差不多可以达到相同的效果，我想我可以试试。"

"说来听听！"灵煦这才稍微平复了心情。

"这种巫术叫作魂魄游，就是要使用符咒，把魂魄从肉体里解脱出来，这样的话，魂魄就可以代替肉体变大变小了。"我说。

"啊？这哪叫魂魄游，分明就是灵魂出壳啊。"灵煦诧异。

"嗯……差不多，也可以这么说。"我想了想，确实就是那么回事，本以为不会用到这么奇怪的巫术，就没有过多研究。

"那如果用了你说的那个巫术，灵魂还能不能回到真身？"灵煦问。

"那是自然，只要保证在半小时内完成任务并且找到真身，就可以回去。"我回答道。

灵煦还是不太放心，又问："那要是没有在半小时之内完成任务、找到真身呢？"

"那我的真身就再也醒不过来了。"我有些无奈又故作轻松地说。

灵煦一听这话吓了一跳，声音有些发抖地问："那你有几成把握能做好?"

想必他正期待着"八成""九成"这样的回答,大概哪怕是"七成"也好。我也想这样说,可是我不能,我得对自己所说的话负责。

我的目光遇到灵煦期待又紧张的眼睛,不敢再看,只好闭上眼,说:"两成。"

"那可不行!"灵煦这次才是真正地吓住了,把声音提高了些,说,"你若是出了什么事,那我们坚持了这么久还有什么意义?"

"可话不是你说的吗,你说如果不试就永远不会有机会,与其在这儿什么也不做,还不如赌一把。"我拿灵煦的话反过来说给他听,其实他的意思我都懂,只是不能那么自私。

灵煦紧闭双眼,想要说什么却又说不出。

我看着这样的灵煦,泪差一点就夺眶而出。

"灵煦啊,让我试试吧。"我尽力让自己恢复平静。

灵煦没有说话,紧闭着眼,这一刻,他像是雕塑一般立在那儿,像顿失生机的死物。

"灵煦,"我再次叫他的名字,说,"让我试试吧,因为我是瑾·墨,因为这就是我注定应该做的。"

灵煦无奈,轻轻挥手:"去做吧。"

"那你可要帮我照看好我的真身啊。"我故作轻松地笑了笑,接着开始回忆魂魄游的符咒。

我尽自己最大努力让这次巫术使用丝毫无差,要比平时的灵煦还要谨慎才是。巫气弥漫,出自我手中,在四处窜动,不料我的功力似乎不足以支持这股巫气，一会儿巫气竟消失得毫无踪影。

我只好用上更多的能量再试一次，静心屏气，把巫气再次凝聚，比上次更加强大的巫气，在四处窜动，终于，又猛地向我撞击。

我只感受到巫术的力量，刺痛五脏六腑，接着，眼前一片昏暗。

过了一会儿，等我再睁开眼，我发现自己已经脱离了肉体，我的肉体在原地静静地躺着，而我，也就是我的灵魂，却在肉体旁边。眼睁睁看着自己躺在旁边，实在不轻地吓了一跳。

"呵，果然还是做到了……"我听到灵煦这样说，也想回他一句，叫他不要担心，可是无论我怎么用力都发不出一点声音，只是嘴巴在动。不过不幸中的万幸，灵煦能看见我，我也能碰到物体的实体、听见声音。这样一想，已经很不错了，我从来没想到过巫术还能在这么关键的时刻发挥作用。

"时不待人，我帮你量取三寸，你就照着我所量的变小吧。"灵煦话音未落就开始使用舞技，他这是要做什么。

我只好静静地在一旁看着，没办法，照现在这情况，也就只能"静静地"了。

他把树叶用舞技揉在一起，动作比往常都要迅速，然后竟做成了一把尺子。尺子还是树叶的颜色，美丽极了，上面有着清晰的刻度。

我对灵煦竖了竖大拇指，表示这尺子真的很棒，灵煦看了，只是说："既然对需要变小的长度无从所知，那就用三寸吧。现在所有的未知数据,都感觉用三寸比较靠谱。"说完,不知是不是真的无奈,轻声叹了口气。

我发自内心地微微一笑,见他现在认真的样子,我也只能对他笑笑,然后为了表示认同,又深深而坚定地点了两下头。

灵煦在自己做的尺子上找到了三寸的长度,拿过来给我看,我便用巫术的意念真的缩变成了三寸。

周围的事物顿时放大了数倍。

我用没有声音的口形惊叹着。灵煦好不容易才觅到我的身影,忍不住笑出了声,我对他使劲儿瞪了瞪眼,他这才收敛些。

灵煦索性坐在地上跟我说话。他告诉我赶紧行动,生怕我浪费半点时间。

我朝他比画,让他帮我把水晶球拿来,虽然很难保证他能明白,但还是这样做了。没想到,他马上就懂了我的意思,把水晶球递给了我。

我接过水晶球,没想到往常玩弄于手掌之中的东西,现在却能挡住我整个视线。我比画着请灵煦帮我测量月光与影交界的三寸处的位置——以我现在的大小,已经很难正确判断标准长度。

灵煦边测边说:"好像位置变了许多……"

月亮的位置在不断变化,它们的交界肯定也在变化啊,灵煦怎么这么笨,我想。

灵煦依然坐在地上,他往我这凑了凑,以便看清我的表情。我见状马上把刚刚讽刺他的表情收起来,却还是被他看见了。他说:"我怎么会不知道原因,只是为了告诫你,时间不多了。"

真是怪，我想什么他怎么会知道，他可是千真万确不会巫术的，不然现在变小的人就应该是他了。学习巫术这么多年，还是第一次有人这么准地猜透我的心思。为了验证他真的不会巫术，我还专门用"读心术"进行了抵挡，他还是能够猜准。

"喂，你还在出什么神，快些！"灵煦突然大声地说。本来他的声音就够大的了，对于变小之后的我来说，声音愈发震耳欲聋，一下子就把我从九霄云外的走神中拉回。

我站在灵煦为我量好的位置上，然后把水晶球滚到眼前。很奇怪，虽然水晶球挡住了我的视线，但我还是能够感觉到水晶球把大量的月光吸了过来。水晶球变得更加透亮，有了更多的灵气。

我用尽力气把水晶球往上抬了抬，吸收的月光好像越来越多。

我对这一发现很是惊喜，灵煦也认同地点了点头。

可惜还是差点什么。也对，那"三"的四重意思我们现在只用了两个，应该还有两个的。现在应该可以确定，第二重意思就是用巫术把人变成三寸高了。下一个"三"又是什么意思呢？

我把水晶球继续往上抬，想看看这水晶球到底能吸收多少月光。当我抬到那个月亮、水晶球和我的眼睛这三点一线的位置时，水晶球透过的光线达到最亮，若是再往上一点，水晶球中的亮光就会开始逐渐减少。

所以，根据前两个"三"的推理经验来讲，月亮、水晶球、我的眼睛，这个三点一线，应该就是第三个"三"。

答案慢慢即将浮出水面，寻找答案的速度越来越快了，思路也渐渐理清，推理更是越来越顺手，这次，该轮到灵煦为我竖大拇指了。

最后一个是什么呢？刚才得心应手，现在又得从零开始，好像再一次卡住了。

时间一点点过去，我感觉自己随着时间的推移正变得越来越轻。我知道时间已经过去了大半，可是这种警示只会给我平添几分紧张感。我尽力不去想这件事，最重要的就是把眼下的事做好才对。

灵煦似乎帮不上我什么，尽管我们两个都在很用心地想办法。越是没有头绪就越是着急，越是着急就越是没有头绪，这样下去，我的结局可想而知。

灵煦比我更急，看这样子，已经急得出了不少汗了吧。但灵煦终归是灵煦，懂得让自己恢复平静，也看得出来，他正在控制自己的情绪。

他背靠着墙，在我的真身旁边坐下，望了一眼月亮，又望了一眼我手中的水晶球，感叹道："今天的月亮真的很圆，就像你手中的水晶球一样……"

"这水晶球吗？"我随口无声地问道。

接着，我才发现，他的话点醒了我……

如果是这样的话，那最后一个三，就应该是……

我对灵煦打了个手势，是个再熟悉不过的手势——我需要灵煦帮我量三寸。

"在哪量？"灵煦迅速响应我。

我在眼和水晶球之间用手比量了下。没错，就是眼和水晶球之间的距离还没有确切的数据。

灵煦一下子反应过来，用那尺子，在我的眼、水晶球以及月亮三点一线的基础上，把我的眼与水晶球的距离控制在三寸的长度。

结果，我发现，此时此刻的水晶球，刚好与月亮看起来同等大小。

果然如我所料。第四重意思的"三"，就是眼睛距离水晶球三寸。

灵煦也发现了我已知晓所有的"三"的意思——

总的来说，是要在距月光与影的交界处向影内数三寸处，这是第一重；把人变成三寸高，是第二重；让月亮、水晶球以及人眼三点一线，是第三重；让水晶球在距离人眼三寸的位置，这是第四重，也是最后一重。

原来巫族的秘密就是这个。没想到能成功推测出这四重意思，实属不易。说句实话，我佩服灵煦，也佩服自己。无论如何，终归还是没有辜负灵煦对我伸出的大拇指。

"这样，四重意思就凑齐了，没想到能够这么顺利。"灵煦惊喜地说，"那，然后呢？是不是就可以沟通了？"

灵煦的疑问把我从过早的欣喜中拉了回来。

是啊，之后该如何，这下，我可是真的无从知晓。

我先把水晶球固定在那儿，以便能够空出手来干其他的事情。

只见面前水晶球的光越来越强，强到逐渐变成白色，那种空洞的白色。

这时是否该用心去想需要联络的人呢？按照平常巫术的套路，应该就是如此。不管怎样，得先试试。

不知是因为强光过于刺眼，还是想平静内心，我闭上了眼。

我回忆着欧的面貌。几天不见，他的样子也变模糊了吗？仅仅几天光阴，却感觉度日如年。

一会儿，还是把他的样子从"记忆深处"拉了出来。

果然，等我再睁开眼，刺眼的白光中出现了欧的身影，再定睛一看，欧这是刚从墨城的宫殿里出来，这么晚了，还没有回去睡觉，难道是事务太多忙到现在？现在没工夫顾及这么多了，还是先想办法求助为好。

欧既然从宫殿里出来，定是见过魄弦帝王了。不知他有没有知晓我们遇难的事。

我透过水晶球呼唤他的名字，但他并没有反应，只是继续走他的路。我更大声地叫着"欧"，可他还是没有回应。

灵煦不知在一旁是否能看见水晶球里的欧，但是他从我的举动上应该就能知道个大概。"你确定声音能透过水晶球和月光这么轻易地传过去？"灵煦提出质疑。灵煦说得没错，事实也已证明灵煦说得是对的——欧根本听不到我的声音。

那怎么办呢？我把话写下来，想通过巫术把话传过去，结果根本没有用；我猛烈击打着水晶球，结果并没有给予我半点希望。随着时间的推移，我只感觉越来越累，越来越轻飘飘的。

果然像欧以前所说，使用"月下三寸影"不是件轻松的事儿，我还能撑这么久已经很是不错了，但我需要撑更久，一直撑下去，撑到得到欧的点拨为止。

半个小时，现在已过去了大半，以至于我"轻飘飘"的，如果我真的没有完成任务的话，要么失败地返回到真身，但因为身体太弱便没法再试第二次，我们就会以彻底的失败告终；要么就直接不能回去，而我的肉体也将永远沉睡。这二者没有一个是理想的。所以我更应该为了成功谋取生路。

可是，没有那么幸运。

我几乎试遍了所有的方法，没有丝毫进展，事实已经赫然摆在面前。灵煦也最终因为无法安顿自己的情绪而焦躁起来。我背后出了一身冷汗。

后来，我身体难以承受的疲倦已经给了我时间将尽的预告。

"不然，放弃吧。"灵煦顿失先前的风采，近乎哽咽地说出这句话。

这就像给我重重的一击，难道真的要就此放弃吗？难道就没有别的什么方法了吗？自己的身体正在慢慢给我肯定的答复，只是我的魂魄与精神还在挣扎，不想错过任何机会地在原地挣扎。

"最起码，要活下来吧。"灵煦又说。

活下来？那又有什么意义。败军之将往后还有什么颜面面对他人。

灵煦见我没有答复，突然开始恼火："那你倒是想办法啊！无能的人除了做选择还能做什么！"

嗯，对，除了做这种不完美的选择我还能做什么。此时，呼吸已经开始慢慢困难，是真的很累，感觉我就好像站在悬崖的边缘一样，若没有坚定的存活意志，那我就会马上永远睡去。

自从来了墨舞国，第一次泪水模糊了双眼，周围的一切也变得模糊起来。

我把手轻轻放在水晶球上，感觉就像能够摸到欧一样。如果真的要离开，都还没有好好地道别呢，欧啊，能不能不怪罪我；如果真的这样离开，是不是就能够结束这几年来像梦一样的生活；几年不见，余可然、司雨舜、孙哲的样子已经记不太清了，是不是也该回去见见他们了。

我这样想着，泪水从脸颊滑落，一滴、两滴……越来越多，同样，越哭越痛。真的没有时间了，我只能先回到真身，放弃，兴许以后还会有机会，不过那只是渺茫的希望，与其说是可能发生的，还不如说是幻想发生的。灵煦也很失望，对自己是这样，对我更是如此吧，但他还是说："没关系，先回来吧。"

我含着泪水点点头，不舍地再看向水晶球中的殷，却突然发现那些泪水被水晶球吸了过去。

水晶球的光似乎变得更加清澈了。

这一奇怪的现象留住了我欲离开的脚步。

只是……不单单是这样。

我正惊奇泪水被水晶球吸收，在无意中透过水晶球发现，欧在那一端，突然抬起头来看月亮，正好与我对视，却看不到我。他好像已经感受到了水滴，我的泪水透过水晶球和月亮落在了他的身上，他确定并不是下雨，之后就像明白了什么，紧紧盯着月亮看了几秒，眼中满是惊讶，接着跑去了月光与影子的交界处——他正在使用"月下三寸影"与我建立联系。

这时的我已经呼吸困难,身体困乏,四肢松散无力,就像患了重病,归期将至的人一样。

欧使用"月下三寸影"比我们顺利得多,很快就完成了那四重"三"。他会知道是我们吧,应该能够连到我们这儿吧,我心里这样祈求着。

果然,微弱的直觉告诉我,欧已经能从水晶球中看到我们了。我们时间紧迫,得赶紧找到方法。

我从水晶球里看到,欧写了张符咒,然后通过巫术引来了些水,用手蘸上水,在水晶球上写下字,这样,我们就可以从另一端看到。

他最先写下的字符的意思是:遇到什么困难了吧,想知道些什么?

看来他的确在关注着我们这儿所发生的一切,已经知道我们的处境。

我马上根据他所做的,再学做一遍。首先,得先引水。本来可以用舞技轻松完成的事,换作用巫术就会麻烦些,但现在舞扇在真身那里,也就只好用巫术了。我写下可以引水的符咒,然后像欧一样,引来些水。

灵煦在旁边虽然看不清楚水晶球内的事情,但一点也不惊奇,好奇心超出常理的弱,这就是灵煦的所谓独特的性格。他静静地在一旁看着,心里定也希望我能做好。

我也用水蘸湿了手,在水晶球上写下字符,问:地图,在哪?不试不知道,原来在这水晶球上写字费力得很,每一笔都要耗费好多气血与力量，按照常理，以我现在的状态，要写几笔停下来休息一下一点也不为过，但时间不等人，只好一口气写下来。

欧看后犹豫了一下，他这一犹豫，可是让我捏了把汗，但最后还是写了下来。字符的意思为：所寻之物置于亡者之屋。

亡者？莫非他指的是阿成？如此说来，地图就在阿成的房间？难道地图真的是阿成拿走的？

现在我才完完全全松了一口气，最起码重要的事已经完成了。灵煦在一旁提醒我没有时间了，赶快回到真身，难怪我感觉现在呼吸都是极难的事情，重心也开始向上移，我尽力向下沉，但还是不受控制地向上飘。

我正打算结束"月下三寸影"的使用，又发现欧正在那边用力地写着什么，于是我便打算停下来看看他到底写的什么。灵煦不断地在一旁大吼："时辰到了！你还愣着做什么！快点！"

我模模糊糊看到欧写下的字符：小心身边的……也许是因为心急，再加上欧还没有写完，后面就看不太清了，大概是说不要相信任何人……祸患……祸患什么呢？可是已经没有时间了，我被灵煦一下子从"月下三寸影"的使用位置拉了出来，再也看不到水晶球中的东西。

"快点！快回归肉体！"灵煦歇斯底里地大吼，想要撕破喉咙一般。

那是极其漫长的回归。我让自己不要再去探究欧写的是什么，也不要再去因为害怕见不到欧而不愿离开，我让自己清楚现在应该做什么。没错，我得返回身体。

还有两秒。我开始使用巫术,尽我所能,极快地。

还有一秒。我的魂魄开始向真身移动。可千万要快些,让我抓住最后的机会。

时间到……我的眼前一黑。

这一刻,我并没有像通常的电影、电视剧里的主人公一样大脑一片空白,相反,我想得格外得多。

睁开眼……我这是在哪?

难道已经与我的真身脱离了吗?那么这里就应该是……凡间。

"唐糖,唐糖……"余可然正在我面前,见我睁开眼,又说,"你又在打瞌睡了。"

我在练舞房?

我愣在原地,还没有反应过来,就已经见司雨舜、余可然走了过来。

司雨舜眼睛失神,愣愣地说:"灵煦、紫纯、泽西全都死了,因为你。"

我?我不解,想要问问是怎么回事,却说不出话。

余可然则哭喊着,说我害死了他们。局面一片混乱。

这时,司雨舜突然拽起我的领子,拳头朝着我挥来。

我本能地偏头闪躲,却一下子惊醒——原来是在做梦。

一睁眼,灵煦就在我眼前紧盯着我。

"我已经死了吗?"我不知道是在问眼前的灵煦还是在问自己,"好像都出现幻觉了,应该是死了。"我看着对面的灵煦,分不清到底是不是真实的。

"快起来吧，别吓唬人了。"我看着灵煦的嘴唇，模模糊糊的，听他说出了这么一句话。

我伸手掐住脸——

完了，没感觉。

"你掐我脸干吗！"灵煦突然大叫。

看来是真的。我惊喜地把手松开。

灵煦揉着脸，严厉地对我说："掐自己脸就是了，你这算什么……"我被他铁青着脸的表情吓了一跳。

我不知道说什么好，以我对灵煦的了解，他是那种发起火来就一发不可收拾的人，好汉不吃眼前亏，所以现在，还是闭嘴的好。我盯着他看了一会儿，没想到灵煦倒先扬起了嘴角，我也跟着笑了起来，说："我真的做到了！"

"欧说什么了？真的有给你提示吗？"灵煦着急地问。

"嗯，他说地图就在阿成的房间。"我说。

"噢，今晚太累了。等天明再去解决其他的事吧。"灵煦说。

我想了想说："也对，今晚必须要做的事终于做完了，如果顺利，明天就可以启程了。"

"是的。"说着，他就转过身去，走到我们垒的墙那里，背靠着那墙坐下来，闭上了双眼。

"喂，喂！"风一阵一阵地吹，寒气仍然很重，我着急地用脚踢他，说，"你不会打算在这儿睡吧？会冻病的！喂……"

他今晚用了太多次舞技，而且次次都是比杀敌更耗体力的罕见舞技，实在是太累了。无论我怎么踢都无济于事，这家伙不会这么快就睡着了吧?我苦笑着,试图把他拉走,可我自身也虚脱无力,根本拽不动灵煦,又实在不放心把他一人晾在这,只好在他身边坐下来。我闭上眼,想起了刚才发生的事。欧最后到底想要跟我说什么呢?什么祸患,什么不要相信身边的人。还有,今晚经历的,包括命悬一线的危机过后还能够好好地站在这儿,都是我先前从未想过的。还有临醒前做的那场梦,感觉极其真实的梦,为了那些不要发生,我得更加努力才对。

想着想着,不知道自己什么时候睡着了。

不知过了多久,我被阳光耀醒了。

睁开眼时,灵煦已经醒了,正站在旁边拍打衣服上的灰尘。

"你起得好早!"我也站了起来,右手揉着右眼,只用左眼看着他说话。

"醒了就走吧。"灵煦冷淡地瞥我一眼,转身就走。昨晚的灵煦不见了,他又回到了以前的样子,连说话语气也变得好像带刺一样,让人怀疑昨晚的灵煦是不是只出现在我的梦里。

"真是……"我咕哝着,继续揉着右眼,跟在他后面,打了个大大的呵欠。

"快走。"灵煦不耐烦地说。

"又不是吃了枪药,能不能像昨晚一样,说话别这么冲。"我揉了揉头发,说。

"我一直这样。"灵煦说着往前走,连头都没回一下。那昨晚灵煦的好脾气难道是我的错觉?不应该啊……

我这样想着,不知不觉就停下了脚步,等回过神来,灵煦已经走出好远了,我只好快步跟上他。

我们顾不上吃饭,按照欧的指示,很快在阿成的房间找到了地图,大家久久悬着的心才算安定了下来。这是非之地,不宜久留。我们匆匆上了马车。在马车里,小心翼翼地摊开地图。下一站,我们要去的地方,是……

"时间谷。"我们几个一同念出声来。

陆 / 绝处逢生

我故意问:"那你后悔在那遇到我吗?"
"悔得肠子都青了!"她故作夸张地说。
可我分明读到她的眼睛在说:不后悔。

"时间谷？时间谷是什么地方？"我抬起头来看看他们，问。虽然我已经在墨舞国生活了挺长的一段时间，可从没听说过"时间谷"。在这方面，泽西和紫纯表现出了惊人的默契，纷纷表示自己也没听说过。

"听人说起过，说是墨舞国的一处奇特之地……"灵煦说。

我的眼睛一亮等着下文，灵煦虽然脾气烂些，但关键时候总会给人些惊喜。

灵煦接着说："……不过当时也没往心里去。"

"没了？这，等于没说。"我有些失望。

泽西总是最有时间观念的一个，就像个能够定时的闹钟，说："为了赶时间，我们还是先按照地图指引行进吧！"

听泽西这样说，大家便不再争论，继续赶路。

过了不知多久，马车摇摇晃晃，开始颠簸起来，我终忍不住探出头去，想看一下窗外到底是怎样的一番破败，不料，铺展在我眼前的，竟是大片大片的绿和点缀其中的色彩斑斓。

"墨舞国竟还有这么美的地方！"我不禁赞叹起来。

"路虽难走，越往前走，风景却是越美。"泽西笑着回过头。

"还早吗？"灵煦问。

"就快到山脚了。"泽西用一只手晃了晃地图,说,"如果没弄错的话,前面那座山的山谷,就是我们要找的时间谷了。"

"午时能赶到吗?"灵煦又问。

"照这样的速度,午时恐怕难以到达。"泽西看看前面的路说。

"那我用舞技,助马一臂之力吧。"紫纯自告奋勇,说着跳下马车,拿出那把与我的相似,却又跟我的有千差万别的扇子。她用娴熟的技艺,把自己的力量通过扇子传到马和马车上去,果然马车速度快了起来。但若要它保持一个平稳的速度,舞技就得保持一段时间,不断地给予它力量,然而这也正是耗体力的时候。

我怕紫纯一人吃不消,就上前帮她一把。当我与紫纯的舞技合在一起的时候,我突然冒出一个想法,既然我们所用的都是扇子,实力又相当,能否创造一个使我们两个能力融合的舞技,以此来完善我的"唐氏扇舞杀技"。

说实话,有这样的想法不是第一次,但从没有像现在这么强烈过,我想,也许在某一天,就能用得到。

虽然越走越远,但风景依旧。

这时候,路已经越来越平坦,直觉告诉我,快要到了,山野间已经有星星点点的人烟。

"还有多远?"紫纯问。

泽西说:"这就到了,已经看到人家了。"

灵煦一听,脸色严肃起来:"一天之内我们要摸清这儿的情况,了解这儿到底有什么奇特之处,怎样才能找到罂粟花。"

"如果可以的话,要尽量找到这儿的君主。"我说出自己的打算,"只有找到他,我们才会得到更多的信息。"

"也可以多打听一下这里的山民,说不定能帮上我们的忙。"泽西在前面边驾车边说。

大家讨论着,我的心思却转到了怎样把我和紫纯的舞技结合到一起上。这东西说难不难,说易不易——或者说,要想结合在一起简单,但要把这种舞技做到配合默契、完美统一,可就难了,墨舞国还从没有人能把两个人的舞技融合得恰到好处。

这样想着,发现我们已经进到时间谷内,我心里莫名地不安起来,不知这时间谷有何不同,我们接下来又将会面临着什么。一切都是未知。

越往前走,来来往往的人越多,谷内也热闹了许多,摊贩起劲儿地吆喝着,表演杂耍的场子前更是围了一层又一层的人……紫纯看到这繁华的场面,一下子精神起来,一改昏昏欲睡的样子,瞪大了眼往窗外看。灵煦一向难看的脸色也变得温和了,平静地看着窗外。

看到街上行人大都结伴而行,那种久违的温馨再次充盈在心,心中的不安荡然无存。

"我们就在这儿住下吧?"泽西说,"这有客栈,出行也还算方便。"

"不错。"我看了看周围说。

"都拿好东西,下车吧。"真奇怪,明明是陪我来完成任务,却总是灵煦做重要的决定。

紫纯笑得跟朵花儿似的，着急地下车，结果差点连舞扇都忘了拿，被灵煦训斥一顿，不过让人意外的是，她恭恭敬敬地站在那，与跟我吵架时没大没小的紫纯俨然是两个样子。

泽西已经早早进了客栈。

紫纯挨完骂，回头看见闹市，又想挤过去凑热闹。见灵煦也已走进客栈，生怕再节外生枝，我急忙把紫纯拉回来，赶了上去。

我们从客栈剩余的房间里选了两间相邻的，我和紫纯住一间，灵煦和泽西住一间，以便相互间有个照应。

安顿好房间，泽西提议："我们得先出去转转，了解一下情况。"

"我们要出去逛逛吗？"紫纯一听兴奋地问。

灵煦瞪了紫纯一眼，紫纯立马收起了笑。

我暗觉不公，虽说灵煦比我高一个爵位，但紫纯对我和灵煦的态度差距太过悬殊，实在不可思议！

正午，暖阳似调配醇正的鸡尾酒，浅浅地斟在绿叶间，斟在喇叭花里，溢出淡淡幽香，缓缓融进人们绯红脸颊上的汗珠里。

街上的山民洋溢着幸福与满足的神情，看起来生活得较为安宁。但是恍惚间，我有那么一丝丝奇怪的感觉从脑海一闪而过。

在紫纯看来，街上的东西都是世上的奇珍异宝。她只顾东张西望地匆匆走在前面，一不小心，与一拄着拐杖的老婆婆撞了个满怀。紫纯连忙向老婆婆道歉，伸手去搀扶老婆婆。老婆婆半睁开一只惺忪的眼,望了紫纯一会儿,继而撇了撇嘴,把身子扭向一边。紫纯愣了愣,又挪到老人面前,热情洋溢地问:"老人家,对不起,要不我送您回家如何?"老太太连眼睛都没睁一下,索性又把身子扭到另一边。紫纯第三次面对老人,这次,紫纯的"您"字刚出口,老人就开始挪动身子,嘴里发出"哼"的一声,甚至恼怒地把拐杖往地上敲了几下。

"老人家腿脚不好,万一磕倒了该怎么办?"紫纯有些担心地说。谁知老婆婆听了紫纯的这番话,突然把久眯着的双眼睁得似铜铃般,朝紫纯大声嚷道:"你怎知我腿脚不好!"说罢,还狠狠地向地上吐了口唾沫。虽是老人,但吐唾沫这样的举动还是让我觉得有些不快和尴尬。

老婆婆嗓门不小,一句话引得周围投来异样的目光,老人说完倔强地挺直了腰板,着实很有精气神。若不是她苍老的面容和花白的头发摆在我眼前,我不会想到她已是个年过古稀的老人。

看老婆婆生气的样子,我只好赔着笑脸说:"您老别见怪,她不会说话。"说紫纯不会说话倒是我的肺腑之言。

可老婆婆像没听到一样,侧过脸去站在那一动不动。

脾气暴躁的老婆婆,无奈又无辜的紫纯,手足无措的我和一群凑热闹的众人……最尴尬的场面也不过如此,就连在一旁的灵煦和泽西也不知该怎样帮我们。

等周围的眼光渐渐散去,老婆婆才慢悠悠地开口说话:"多管闲事的姑娘!"紫纯听到后并没有生气,反而不好意思地笑了笑。我暗地舒了一口气,心想,幸亏紫纯没发脾气。

"你们几个……不是本地人吧?"正当我们不知如何是好时,老人又半闭上眼睛问。

"我们是从墨城来的,今天刚到这儿。"没想到灵煦竟然抢先回答。

"哦……你们到这有什么事吗?"老人迅速而警惕地睁开了右眼,用一只眼睛把我们几个快速扫看了一遍。

"是瑾·墨大人升为公爵前的考核。"泽西指了指我,说道。

"你就是瑾·墨?"老人眼睛亮了一下,又干咳两声,恢复到以前傲慢的样子。我听到这话不觉一惊,没想到瑾·墨以前真的小有名气。

"正是。"我回答,并好奇地问,"老婆婆您也知道瑾·墨?"在我说话时,老婆婆又吐起了唾沫,差点让我说不下去,就连泽西在旁也微微皱了皱眉。而紫纯看到老人频频吐唾沫,还以为是老人在发泄不满,便一脸沮丧。至于灵煦……本来就有些洁癖的他,则把头微微地转到了一边。

听了我的问话,老人并不理会,仍然闭上眼,悠然自得地养起神来。既然老人不需要我们的帮助,再在这儿耗时间也没有什么意义,于是我在心底盘算着跟老人告辞,示意灵煦离开。

灵煦很快明白,对老人说:"既然……您老不需要我们的帮助……那我们就先告辞了。"他试探地说着,观察着老人的反应。

"等等……"老人犹豫了一会儿,竟然奇迹般地睁开了双眼——没有了上次的惊吓,我清楚地看到,她的眼,是极深的紫。不过她似乎并不喜欢别人看她的眼,我只好尴尬地把视线移到别处。这次,她没有吐唾沫,而是缓缓说道:"瑾·墨有恩于时间谷,时间谷大旱之年,瑾·墨大人曾伸援手,帮时间谷众生渡过难关。也罢,我这一条老命,也尽一分力,就当是回报……"老人断断续续说着这些,我们费力地听着,终于听明白原来老人是想帮我们。

老人继续说:"顺着这条街,直走到尽头,会有两座山,穿过那个山谷,里面住着个壮士,人称'金凯骑士',相信他会帮助你们顺利完成任务!"

听老人这样说,我们如获至宝,赶紧谢过老人。

回到了客栈,我拍了拍灵煦,得意地说:"没想到,我以前干过这么多好事,果然很有名气。这次,多亏以前积德,帮了我们的大忙。"

"神气什么,又不是你干的。"灵煦不屑地瞥了我一眼,不再理会。我想反驳他,却找不到合适的理由,只好愤愤地走开了。是啊,自从我唐糖变成瑾·墨之后,也确实没干什么有助于民众的事,与以前的瑾·墨相差甚远,现在怎么有脸面把她以前的功绩归为己有呢?这使得我深感愧疚,暗想若能顺利完成任务,回到墨城定为墨舞国的民众做点事情。

"各位客官,茶来了!"正想着,门外传来响亮清脆的女声。抬头一看,只见一位姑娘端着茶具和茶进了屋。姑娘长得很是水灵,大眼睛,小巧白皙的脸庞,活像减了肥的年画娃娃。姑娘把茶水放在桌上,并帮我们一一倒好,一举一动无不周到体贴。

看我们都在注意她,她朝我们一笑,自我介绍道:"我叫莹儿,是这家客栈老板的女儿,客官有什么事尽管吩咐。"她总是笑眯眯的,让我们感受到一份亲切和热情。

我们谢过莹儿姑娘。她转身离去,恍惚间,让我想起了阿成。

这次住客栈,遇到了大方开朗的莹儿姑娘,按理说应当让我舒心,可我心里总是觉得有种莫名的失落,是因为走得太急,或者是还有什么事放不下?

简单地吃过午饭,稍作休息,我们便上路寻找老婆婆说的那位金凯骑士。午后未时,烈日的那份灼热微微消退几分,增补了些红晕,星星点点地缀在谷里的湖面上,泛出一份斑斓……

泽西在前驾车,按照老婆婆的指引,一路向西,这条路一会儿笔直,一会儿曲折,一会儿平坦,一会儿又凹凸不平,变化多端好似永远也走不到尽头。

本以为这会是一段轻松的路程,走到现在反而心里没了底儿。越往西走,人烟越稀少,偶见几户人家掩映在山间,路上已没有了那份嘈杂,耳边越来越安静,偶尔传来一两声鸟叫,略显突兀,紫纯也越来越耐不住性子,不时地把头探出窗外,嘴里嘟囔着"这是什么鬼地方"。

我靠在车上闭上了眼睛,乘车犯困,是我一贯的毛病。

幽幽地,眼前两座葱茏的山明晰了。两座山都不算很高,山周围罩了一层薄薄的雾。两山相依,很难发现中间竟能通行。这儿人烟稀少,近山的地方风也变得微凉,这似薄荷的清风让我稍稍清醒了些。

"快到了吧?"我迷迷糊糊地问灵煦,甚至分不清是现实还是梦境。

"快了。"灵煦简短的回答比周围凉飕飕的风还让人发寒。

走到峡谷才明白,远看紧连着的两山其实是有些前后错开的,而且峡谷也是极其狭窄,马车勉强可以穿过。

我们几个提起了精神,小心注视着马车在这窄小的空间里挪动,每一步都提心吊胆。马车艰难地行走着,我们不敢再把头从旁边的窗户伸出去,怕一个不留神,脑袋就会碰到坚硬发亮的石壁。

走着走着,前面突然明朗起来,狭窄的路忽地开阔了。

时间谷还有这等世外桃源!处处鸟语花香,各色花绽满枝头。悠远处,时而有少女的歌声回荡耳畔,这与外面就像是两个不同的世界。

往里走,发现散落在山间的都是极其别致的庭院,一眼望去,不过五六户人家。

问过路人,得知金凯骑士的住处,沿路找去,却走到了一座偏僻的小屋前。小屋坐落在半山腰,与那些庭院相比,显得有些寒酸,与寻常山民家的房屋没有多大区别。

我们下车去敲门,不一会儿,门开了。

"请问,这是金凯骑士的家吗?"我小心地问,尽量让自己看起来谦恭有礼,说明我们没有恶意。

"是的,你们是……"开门的是个女人,衣着朴素,身边还站着个四五岁的男孩儿,大概是她的儿子。

"我们是从墨城来的,有事想请金凯骑士帮忙,特来拜访。不知有没有打扰你们?"我慢慢说着,表面悠然,其实却心急如焚,巴不得立刻就见到金凯骑士。

"他出门了,还没回家。你们几位先进屋等等吧。"女人把门敞开,邀我们进去。看来,这位定是金凯骑士的夫人了。由于事情紧迫,我们也没有过多推辞,跟着夫人进了家。

来至屋内,发现陈设的每一件物品都简洁朴素,收拾得甚是洁净。

"你们坐,我去烧水倒茶。"夫人说着颔首后退,虽居于山野间,金凯夫人举手投足间却透出一份优雅,全然不是村妇形象。

"不劳烦夫人。"我们赶紧推辞。

夫人笑笑:"你们稍等。"说着退出。

天色将晚,金凯骑士却还未回家。夫人忙着家务,小儿子跟着她跑来跑去。我已经喝下五六杯茶水,实在喝不下了,又等得心焦,就站起身在屋里转转。

来到金凯骑士家的书房,书架上是一摞一摞的书,数不胜数,想必金凯骑士博览群书,知识渊博,令人佩服。我一边赞叹着,一边走出书房,墙角挂着的古怪玩意儿一下子吸引了我,我不由得停住脚步,以致紧跟在身后的紫纯一下撞在了我身上。

"干吗啊?走得好好的……"紫纯还没说完,就发现我不对劲,于是问我,"喂,你在看什么呢?"

我没有回答她,慢慢走向墙角,紫纯顺着我的目光看过去,终于也发现了那个奇怪的东西。

"那是什么？"她好奇地问，走上前用手抚摸着，"这是什么？面具吗？为什么还有这么多工具？好像人皮啊，怪吓人的。"

紫纯的话把灵煦也引了过来。

"这是……易容术？"灵煦微微一惊。

金凯夫人听灵煦说"易容术"，便匆忙走过来，神色紧张地说："那些东西碰不得，碰不得。"

"不好意思。"听金凯夫人这样讲，紫纯赶紧道歉。走出书房，我越发迫切地希望金凯骑士早点回来。

又过了一会儿，外面终于传来一阵敲门声。

定是金凯骑士回来了，我想。

打开门，却是个体形庞大的中年妇女。那位中年妇女与金凯夫人很亲密的样子，说了几句话，就进了屋。而夫人给她倒了杯水后就又去忙家务了。我们看着越发惊奇，弄不清她们究竟是什么关系。那女人与我们打过招呼后，叫我们稍等片刻。说罢，自己就进了书房。

不一会儿，书房门开了。出来的，竟是个精神抖擞的男子！我们几个着实吓得不轻，紫纯忙冲进书房，早已不见那个妇女的踪影。

看到这种情景，灵煦不觉地敲了一下自己的脑门儿："我记起来了，曾经听说，时间谷里，凡得到特权的人都能学习易容术，改变自己原有的容貌、声音，变老变小，像能操控时间一样，时间谷也因此得名，原来这是真的。"

"没错，"那男子说，"时间谷的君主一生中会选拔几个信赖的手下学习易容,以便体察民情,安定时间谷。"

"那在易容之后能否认出他的真实身份?"泽西问。

男子想了想,说:"除了最亲近的人通过他的习惯动作等细节能辨认得出,一般民众很难分辨。"

我问:"您就是金凯骑士吧?"这确乎是个十拿九稳的问题。

"在下正是。"金凯骑士微微点头。

我们说明身份和意图后,金凯骑士满脸的惊喜,躬身向我施礼:"原来你就是瑾·墨大人!失敬!失敬!"我被这突如其来的动作弄得有些不知所措,只好说:"不必这般客气,我们此次前来,希望能得到您的帮助。"

没想到金凯骑士干脆地说:"我乐意为瑾·墨大人效劳,当初是您救了我们时间谷,现在我定全力协助瑾·墨大人!"原来还是以前瑾·墨的功劳,虽说我和以前的瑾·墨被他们当作同一人,但我始终没有恢复以前的半点记忆,依旧从心理上觉得我们是不同的两个人。

紫纯开心地说:"那就太好了,多亏那位老婆婆的提醒。"

"老婆婆?"金凯骑士问。

"是啊,是一位老婆婆告诉我们来这儿找金凯骑士。"我说。

"我怎么不记得有这样的老婆婆与我熟识?"金凯骑士有些迷茫。

"大概是您威震四方,就连普通民众也都知道您,所以才让我们求助于您吧!"紫纯这次可是充分发挥了自己嘴甜的长处,她又补充道,"就是那老婆婆有些古怪,好心帮她也不领情。还有啊,她还喜欢朝别人吐唾沫,给人些为老不尊的感觉!"紫纯说着竟数落起老婆婆来。

我们难为情地看看紫纯,又看了看金凯骑士。

金凯骑士的表情发生了微妙的变化,我以为金凯骑士定是看到紫纯的无礼而难以接受,就急忙向他解释:"金凯骑士,紫纯说话莽撞,请别介意。"

然而金凯骑士依旧是那样严肃的表情,好像在思考着,让我不知如何是好,而一旁的灵煦则一副静观其变的样子。

沉思片刻,金凯骑士问:"你们所说的老婆婆……是不是眼睛不好?"

"好像是这样。她习惯半闭着眼睛,很不喜欢睁开眼。"我急忙说,"难不成,您认识那位老婆婆?"

"你们所说的那位老婆婆,不是别人,应该就是时间谷的君主。"金凯骑士肯定地说。他说得平静,却让我们吃了一惊,紫纯更是惊得用手捂住了嘴。

"君主?"泽西有些不敢相信自己的耳朵。

"正是,君主有两大特点,一是习惯吐唾沫,二是幼时患过眼疾,喜欢半闭着眼睛。以此断定,你们遇见的,即是君主。"

"不是吧?这里的君主是个老婆婆,而且就在刚才,我还骂了她?"紫纯这会儿才回过神来,禁不住说。

"不不不,时间谷的君主可不是什么老婆婆,而是位中年男子。你们看到的,是他易容后的样子。"金凯骑士说,"你们如果想要找到时间谷的罂粟花,还是得去找君主。"

"那您可否随我们一路前行?"我问。

金凯骑士想了想,说:"我还有要务,等你们找到君主,问清了罂粟花的下落之后，我自会前去相助。"

我连声答应。紫纯却纳闷儿了，问："你们的君主想易容就易容，下次变个小姑娘也不一定，我们怎会找得到他？"

"你忘记我跟你们说的什么了？"金凯骑士笑笑，我和灵煦立刻心领神会。

与金凯骑士告别后，天色已晚。风已渐凉，月亮悠悠升起。

我们匆忙赶路。

刚走出不远，泽西就问："我们到底怎样才能找到君主呢？"原来不只紫纯，连泽西也没弄明白。

"金凯骑士不是告诉我们，就按照君主那两个特点来找，一定错不了。"我说。这时，他俩才恍然大悟："原来是这样！"灵煦则冷笑一声，表示不屑。

刚出山谷，紫纯就又埋怨起来："你说这君主，告诉我们直接找他不就够了，还非得让我们先去找金凯骑士，再让金凯骑士告诉我们去找他。兜这么大圈子，是成心耍我们呢！"我心里也纳闷，不明白为何要费这番周折。

回到客栈，简单地吃过晚饭，我们便回屋休息，大家忙碌了一整天，都累了。紫纯躺在我旁边，一倒头就没了动静，而我却怎也睡不着，想着如何能把我和紫纯的力量成功糅合在一起。

我轻唤一声紫纯，问："你愿意和我一同创作舞技吗？把我们的力量融为一体。"

我只听到她含含糊糊地回应，不知是在对我说话还是梦呓。

次日。微凉的早晨，晨雾浓重地抹在空中，久久不能消散。我们一早就去了遇到君主的那条巷子。虽然太阳刚刚升起，可街上已经人头攒动，各种叫卖声四处弥漫。我想，既然君主的出行有些"微服私访"的意味，就一定会早早来到街上，而且，很可能就在这附近。

我们仔细打量着每一个人的一举一动，哪怕有一点可疑之处也不敢放过。说起来找一个有明显特征的人，好像挺简单，可这来来往往的人群中，想寻得一人，仍似大海捞针一般。"众里寻他千百度"倒是真的了，可是"蓦然回首"时，君主却不一定就在"灯火阑珊处"。

我们已经找了三条街，都没有找到君主的踪影。往南走人有些稀疏，我想君主应该会在人多的地方。

于是，我带着大家选择了北面的路。

向北走，没有找到！再向北，还是没有！

这时，又累又急躁的紫纯说："也许我们一开始就不应该朝北走，说不定就在朝南走的街上！"我一时语塞，毕竟没有找到，便准备返回南去。

正要走，灵煦把我们拦下了。我一看，原来不知何时起，越来越多的人形成了小小的涌流，都往西北方向去了。灵煦立刻拉着我们随着人潮走了过去。

走近了，听出里面争吵得正激烈，才知道是有人和卖布的商贩发生了口角。听声音，好像还有几个劝和的。这样的场面，让我想起了以前我还是唐糖的时候，也曾干过次见义勇为的事。那么，君主会不会也像我当年一样，已经冲进去帮忙了呢？我心里怀着这样的念头，与紫纯挤了进去。

然而令我大失所望，里面并没有与君主一样习惯的人，甚至连有一丝相似的人也没有。

这时，我才发现，灵煦和泽西并没有跟来，我和紫纯傻了眼，难不成我们不但没找到君主还丢了灵煦和泽西？我和紫纯急急地寻找，像无头苍蝇一样在人群中撞来撞去。

终于，我在人群另一头找到了灵煦。

"你不跟我们一起走，在这儿干吗呢？害得我们差点找不到你。"我抱怨道。

没想到灵煦理直气壮地说："跟你们胡乱窜来窜去有什么用？找到君主了吗？"我无奈地摇摇头。"看来，还是不跟你们乱走的好。"灵煦脸上浮出一丝笑意。我看着他得意的表情似乎明白了，便问："难道……你有了什么发现？"

灵煦面朝我们，指了指他身后。我和紫纯顺着他指的方向看去，发现了一个在人群外围卖水果的老农。乍看并无异常，老农又黑又脏，把裤腿挽到膝盖，悠闲地坐着，甚至把脚搭在了盛有水果的推车把手上，懒懒散散的样子。

我没有太早否定灵煦，而是耐住性子又偷偷观察了下：老人很明显是刻意在忍，不过最终还是没忍住，使劲儿挤了一下眼睛，随即向旁边侧了侧头，朝地上吐了一口唾沫。我开心地笑了，看了看灵煦，他则是一脸骄傲。仔细观察，就会发现他的指尖在舞动，那是他在保持舞技，偷偷用舞技听取人群里面的消息。

这一举动，更加确认老农是君主无疑。"别说，还真行啊你。"我半打趣半赞赏地对灵煦说。灵煦也不客气,立马接了句:"那是自然。"紫纯也在一旁轻松地笑了,说:"这君主也真会打扮自己,这次比上次还土!"

这时,泽西突然从身边冒出来,问:"你们都在,总算找到你们了。"我这才想起,我们刚刚找灵煦时,却并没有看到泽西。

"你刚才去哪了?"我有些生气地问。

"……人太多,把我和你们冲散了,没找到你们,险些走丢。"泽西不好意思地说。灵煦用奇怪的眼光打量了一下他,没有说什么。我也在想,不管怎样,回来就好。

"我们还是快去询问……哎!君主!你要去哪儿呀?"紫纯话还没说完,就看到那老农已发现我们,准备离开,这让紫纯急得脱口而出"君主"二字。

紫纯这样一喊不要紧,把人们的目光都引了过来,人们议论纷纷:

"君主?"

"哪有什么君主?莫非是那卖水果的老农?"

"不会吧!我看大概是那丫头疯了。"

……

老农——或者说是君主,见已经引起了大家的注意,更是着急离开。紫纯意识到自己说多了话引出麻烦,抱歉地看了看我们。我略带责备地看了她一眼,接着转身去追君主。君主为了不引人注目,特意没有用舞技,但撒开腿跑得倒挺快,紫纯他们跟在我身后,同样没有用舞技。

后面是嘈杂的议论声和吃惊的感叹声。

大街上,一个穿着破破烂烂的老农被四个年轻人追着跑——这场景,真是要多奇怪有多奇怪。

往南追出好远,渐渐远离了人群,路上的人也渐渐稀疏。不知扮成老农的君主是不是有意把我们带到这儿的,总之一句话:君主真是有毅力。跑了这么久,我这以体质棒著称的健将,也开始喘粗气了。

"够了,够了。别……别追了。"君主上气不接下气地摆摆手说。我们见他慢慢停下来,便也停下了脚步。

"您……就是君主吧!"我问。君主没有吱声,只是给了我一个肯定的眼神。

"我们按照您的指示找到了金凯骑士,结果还是兜了个圈子。君主快告诉我们罂粟花在哪儿吧?"紫纯嘴快得无人企及,"啪啪"几下子,就说出了这么多细听起来有些咄咄逼人的话。

不知君主是不是故意,紫纯一讲话他就开始吐唾沫,惹得紫纯有些不高兴。

君主想了想没说什么,就又掉头离开了。我有些纳闷,就赶忙跑到他面前想将他拦住。他咂了咂嘴,说:"跟我来吧。"接着摆出一副不屑的表情,简直跟灵煦一模一样。我一愣,明白了君主的意思,向其他三人挥了挥手,示意跟随君主。

我们到了一个较为偏僻的地方,进了一座普通的屋子。大概就是君主的临时住所。里面很安静,陈设也很简单,让谁也不会想到,这里住的就是时间谷的君主。

君主回到屋内将容貌变回了本来的样子。果然像金凯骑士描述的那样，是个四五十岁而又精神抖擞的男人。

缘于紫纯"开门见山"的那番话，君主也没有再兜圈子，而是干脆地说："罂粟花到底在哪儿……我当然可以立马告诉你们。"

"在哪儿？"泽西迫不及待地问。

"只是……即使告诉你们在哪儿，你们也未必能拿到。"君主说。

"没试怎么知道，别小瞧我们。"紫纯信心满满地说。

"那么，罂粟花到底在哪儿呢？"我已经按捺不住，着急地问。

我们以为他又要卖关子，正要催促，却看见他用手指了指地下。

我一愣。

难道，君主的意思是……

"在地下？"紫纯抢先惊奇地问。

君主点了点头，转过身去，坐到椅子上，接着轻叹了口气："不是我不相信你们，只是那罂粟花已在地下经历了四代君主，都没有人能把它取出来。"

"四代？"我不敢相信地问。君主说四代以来没人取出，岂不是说他自己也没能做到。

"没错，很久以前，邻国来犯，个个都会暗杀技，能力势不可挡。生死存亡之际，曾经的时间谷君主，不甘愿把权力拱手相让，就把权杖和罂粟花一同锁在地下暗洞，由各类猛兽把守看管，并把权杖和罂粟花与自己心爱的神兽一起放在了地洞深处。除此之外，还在洞口布下众多咒语和机关。在与邻国之军交战中，老君主身先士卒战死沙场。邻国重兵搜了个天昏地暗，也没能找到权杖和罂粟花。后来时间谷安定了，却再也没人能拿到权杖和罂粟花。每代君主都希望能够得到权杖和罂粟花——毕竟那是权力的象征，又怕失败而丢了面子、失去威信，多次悄悄派勇士到地洞去取，但至今为止，去者，无一人生还。"君王忧心忡忡，看得出来，这的确是他不小的心结。

想想也是，毕竟权杖和罂粟花不仅有巨大的能量，还是每个地区至高无上的权力象征。没有了它们，虽不能说是傀儡君主，但终究缺了点什么。这样一来，就算君主再治理有方，内心还是有些缺憾。

听到君主最后一句"去者，无一人生还"，我后背不禁生出一阵冷风，回头打量了一下他们三人，脸上竟都毫无畏惧可言。顿时，心中勇气与信心又多了几分，我知道，那是他们给予我的力量。

"无一生还者，那是他们能力不及。你尽管带我们去就好。"我说。

"但愿如此。我可以带你们去，但是如果你们能把权杖和罂粟花完整地带回来，罂粟花可由你们带走去复命，但那权杖得留给我们时间谷。"君主说。

我们此次只是取罂粟花，对于权杖并不感兴趣，所以便点头同意。

"那么，你们休整一下，我明天就带你们前去。"君主说。

"好，一言为定。"我点头。

告别君主，我招呼大家回客栈。最近与紫纯合创舞技的事，不时地萦绕在我的心头，想得越多，付诸实施的念头就越强烈，只想快点赶回去。

回到客栈，我迫不及待地问紫纯："昨晚问你的事，考虑好了吗？"

紫纯迷茫地看着我："什么事？"

紫纯的反应真是让人败兴，我提醒道："不记得了？就是合作舞技的事。"

"哦！你真问我了？我还以为是做梦呢，不过，也多亏是梦。"

"为什么？"我有些不解，难不成我的话还有助于她的睡眠？但她的回答却出乎我的意料："我昨晚就顺着你的话去做梦了，结果梦到了我们共同创造的舞技。"

"真的？"这可是意外之喜。

紫纯没有直接回答我，而是像在寻找回忆似的，拿出扇子，边思考边慢慢地比画，连起来看，竟还真挺像样子。我看着，不觉也拿出扇子，与她配合起来。

可那毕竟是梦，有些细节还得靠自己摸索，不过有了紫纯梦的意外帮助，我们的舞技进展很快，不久就能真的产生力量了。我根据以前的经验，甚至融入了些巫术，以增加能量。果然，其效果显著增加，不过，并没有达到我想要的效果。

"你在舞技中融入巫术，可我不会用巫术，不能与你很好地配合，所以我们的力量难以协调，无法达到最佳境地。"紫纯在一旁说道，我想想是有些道理，就放弃了巫术，可除了巫术，还有什么方式能创造出能量高于我们两个舞技的"唐氏扇舞杀技"？两个人的舞技却只冠上了我自己的名字，实在有些过意不去，却又没想起更恰当的，我也跟紫纯提过这事，但她笑笑，说自己压根就没想过这些。

冥思苦想间，我突然想起璘轩之曾说过，舞技的最高境界就是运用意念，难道，只有运用意念舞技才能发挥到最强？这一念头让我眼前一亮。

"用意念，两个人一起使用意念？"紫纯听到我的建议，不禁惊叹道。

"想要创造能量更强的舞技，就得反复试验才成。"我给紫纯打气，"说不定，两个人一起，能更顺利地应用意念呢。"这也只是安慰的话罢了，这样的可能性不足百分之五。想要两个人的意念也能合而为一，确实不是件容易的事，比单纯舞技的协调难度更大。

"那就试试吧。"紫纯深深呼吸了一下说。

来到后院，我俩就用意念融合舞技，对着木块运起功来。几番努力，几经配合，终于，木块在眼前缓缓升起，我心里一阵窃喜，就想加强功力将它击碎，不料木块却突然失控，飞速朝我们砸来。我和紫纯见状赶忙躲开，木块带着一股强劲儿的力道一下子砸到地上。

尝试失败，让我有些沮丧，合创舞技远没有我想象的那般简单，要想成功，只能不断地尝试、摸索。可惜不是力量太小，就是控制不了，没有一次能够做得漂亮……我俩累得坐在地上气喘吁吁，这让我记起当我还是唐糖的时候，也曾有过类似的一幕，那时，紫纯还是夏熙，我俩为了面子和风头争得不可开交，而现在，却和紫纯为合创舞技而汗流浃背。"记得你还是夏熙的时候，还跟我比过跳舞呢。"我擦擦汗，笑笑说。

"好像是这样的，都有些记不清了。"紫纯也微微笑了笑，格外平静，结果又补充说，"不过，你们那儿的舞蹈真够别扭的。若现在再让我去那里干那种苦差事，我可不乐意。"

听到这话，我故意问："那你后悔在那遇到我吗？"

"悔得肠子都青了！"她故作夸张地说，可我分明读到她的眼睛，在说：不后悔。

恢复体力后，我们又尝试起来，可每次都不能把舞技掌握得恰到好处。

灵煦不知何时来的，背靠在一棵树上，在旁看了好久，终忍不住说："也不分析下问题在哪，只知道一遍遍地浪费体力。"我和紫纯停了下来，觉得说得有几分道理。"那依你看，是哪里有问题呢？"我问。

灵煦看了我们一眼，站直了身："不是哪里有问题，是问题很不少！"

我愕然，紫纯也不敢相信。

"你们只抓住了大体的框架，却没有点到精髓，按说这样用意念相加的舞技，应该比你们现在所释放出的能量大得多。"灵煦说。我点点头，灵煦便继续道，"首先你们现在并没有高度集中精神；其次，用扇子的舞技本来就讲究节奏快慢变化；还有，要看似轻柔却力出无穷。我想在召唤意念时，该这样……"灵煦说着，为我们比画了起来。

看着灵煦的一招一式,我茅塞顿开,立马与紫纯再次尝试起来。果然,感觉顺畅了许多,力道也增加了不少,心里一阵高兴,正想夸赞一下,灵煦却突然像记起了什么大事似的,说:"嗨,本是来找你们吃晚餐,却啰唆起来了,快回去吧。"说着,把我俩拽了回去。

晚饭时,因为又累又饿,我和紫纯都吃了比平时多一倍的饭,泽西看得目瞪口呆,灵煦在旁直摇头。吃完饭,我俩扔下两位吃惊的男士回房休息,为了明天的任务,今晚得好好休息一下。

伴随着早上第一缕阳光的出现,我睁开双眼,美美地睡过一觉,感觉精神倍增。紫纯看样子也睡得不错,脸色比昨天好了很多。

我们驱车赶往峡谷,顺利接到金凯骑士后,一同与君主会面。然后君主带领我们赶往峡谷的最深处,来到一片杂草丛生的山脚下,停了下来。

这就是埋藏宝物所在?一个毫不起眼的地方,如果不是君主带领,我们绝不会想到这就是我们要找的地方。洞口十分隐蔽,洞旁长满了杂草和树木,把洞口遮得严严实实,看来的确是很久没有人进去了。凉风吹来,发梢在脸颊旁轻轻飞舞,外面是这样迷人的宁静,不知里面是怎样的阴森。

君主来到洞口,对着洞门念起了咒语,一会儿工夫,杂草后洞门显现,接着他使用舞技,将洞门慢慢打开。一阵幽冷的风透了过来,不禁让人打了个寒战。

"我能帮你们的,只有这些了,能不能拿到宝物就看你们的造化了。"君主说完,与我们告辞。

看着这幽深的洞露出原形,我们互相看了一眼,深深吐出口气,尽量平静下来。

灵煦吩咐道:"进去之后,大家别慌张,我们不熟悉地形,所以千万不要用'幻移术',免得误入机关。还有,大家跟紧,谁都不准掉队!"

泽西点燃早就备好的松油火把,人手一个。我们开始沿着洞口,慢慢步入其中。

洞里的路是陡峭的,我们小心翼翼地迈出每一步,灯火照不到的地方一片漆黑,更让我感到几分不安。出乎我的意料,我们并没有立马听到什么猛兽的怪叫声,洞内甚至比外面还要安静,只是静得有些可怕。

"咕噜——"

"什么声音?"紫纯的声音显得格外突出,甚至还能清楚地听到回音,"是你肚子饿了吗?"她看了看旁边的灵煦。

灵煦没有理会她,仍然保持着高度的警惕。我也有种不祥的预感,并非是谁肚子饿这么简单。

"咕噜——咕噜——"这奇怪的声音越来越大,像是从脚下传来的……紧接着,我的双脚开始晃动,带动着我站立不稳。地上开始出现裂纹,我有些愣,感到了情况的危急。

"快往前走,快!"灵煦慌忙喊道。

这突然的变故,让紫纯一下子愣在原地。见状,我急忙拉起发怔的紫纯跌跌撞撞跑起来,边跑边说:"集中精神,小心脚下!"只见地下的裂缝越来越大,紫纯"蹭"地一下踩空,我吓了一跳,下意识地一把拉住了她,费了好大劲儿才将她拉上来。我们几个都跑到了安全地带,一转身,发现金凯骑士还在后面。他脚下踩在一块锅盖大小的石头上,面前是一条又宽又深的地缝,他显然有些犹豫,那道地缝越裂越大,震动越来越大,他脚下的那块石头随时可能粉碎。

"快跳!快!"我着急地喊起来,等在那里只有死路一条,试试总有逃生的希望。金凯骑士一皱眉,纵身一跃——我的心一下子提了起来,身旁的紫纯吓得情不自禁地抓了一下我的胳膊……

"啊!"金凯骑士大叫一声,只见他一只脚踩到了断崖边缘,重心却在后移,整个身体向后倒去,见此情景,我赶忙用扇子使出舞技,将金凯骑士支持住,这才得以让他脱险。

刚才的险情让我们都出了一身冷汗,"真是谢谢了,多亏……"金凯骑士话还没说完,就惊恐地叫了一声。原来一支箭从金凯骑士肩旁穿过,衣服划破,幸好没有伤及皮肉,刚有点放松的心情,又紧张起来。

紧接着暗箭齐发,"嗖——嗖——"向我们射来,我们根本来不及去想如何应对,甚至连情况也没搞清楚,一切来得都太突然。说实话,这种情况在我出行之前就想到过,好歹我是唐糖的时候,也曾在电视里见过这种场面,哪个秘洞没有乱箭机关?只有身临其境,才知是如何的惊险,稍有不慎,就会丢了自己的性命。

一看乱箭齐飞,大家慌忙各展舞技抵挡乱箭,虽说我们之中舞技有强有弱，但抵挡几支箭都能轻松做到，只是让我们万万没想到的是，这里的乱箭似乎无穷尽，丝毫不见有消减的势头。时间一长，即便我们几个功力再强，也抵不过这不间断的乱箭。渐渐地，我有些劳累，动作和精神变得迟缓，几次差点儿被箭射中。

必须早点想办法，这样耗下去，我们必死无疑，该如何结束这没完没了的箭？正当我着急苦恼时，耳边传来灵煦的声音："这些箭都来自洞顶，应该有机关控制，必须想法控制住洞顶的乱箭才是。"听灵煦这样说，我不由自主地向上看了眼，一个点子在我心头闪现："紫纯，你去保护泽西，保证他不要受伤。"

"好。"紫纯干脆地回答。泽西听到这话便有些不解了，看到紫纯已经用舞技护住他，不让一支箭伤到他。泽西问："那要我做什么？"

我说："看到上面未发出的箭了吗？"泽西点头。我继续说："你去用舞技把上面未发出的箭全都冰冻住，从根源消除祸患。"

泽西试了试，却道："光线太暗，看不清目标，能让我高点就好了。"

我想了想说："灵煦，你和金凯骑士保护好自己。"说着，我就把手中的火把放下，拿出了水晶球。说实话，"一心二用"真不容易，我开始念咒语，但显得有些力不从心。无论是舞技还是巫术，哪一个不需要用心？一会儿，我就发现自己身边的箭少了许多。一看，原来是灵煦在用枫叶奋力地阻挡着暗箭，不只是保护自己，而是大范围地抵挡，看样子一定费劲儿。

有了灵煦的配合，我才得以更顺利地使用巫术。我利用巫术把泽西和紫纯托了起来。开始他们两个站在上面还晃晃悠悠,有些不稳,很快就完全适应了。靠近源头处箭格外密集,紫纯不敢松懈丝毫,我也全神贯注,既不能伤到自己也不能让紫纯和泽西掉下来,泽西也用尽全身的力气,使用着复杂的舞技,努力将上空的箭变为冰。

渐渐地,我额上冒出了细密的汗珠,担心地抬头看了眼泽西,发现他也是满脸的晶莹,这让我有些奇怪,泽西也会流汗?要知道,擅长冰封舞技的他是从来不会流汗的,正纳闷间,却听泽西大叫一声,我吓了一跳,以为泽西遇到了什么麻烦,正要询问,就听见泽西高兴地说:"好了!"

我这才发现,原来乱箭已经消失,我便收起巫术,把泽西和紫纯放了下来。

此时,我们已经累得不成样子,幸亏把源头封住,不然还不知要等到什么时候才能结束呢。如果真的只是这样硬碰硬,我们都得被放倒在这。

大家刚松了一口气,没想到旁边一扇石门"轰轰"地打开,我们一起看过去,不知如何是好。

"我们该走哪条路?"紫纯指了指摆在我们面前的两条路。一条刚开的石门,一条延续我们来时的路。

这两条路分别通向何处,难以判断。我犹犹豫豫不敢妄下决定,只好向金凯骑士求助。

金凯骑士俯下身子,拿着火把,分别用手抹了抹两条路面上的灰尘,然后指着我们来时路的前方说:"你瞧,这条路面上积的灰尘明显比石门里边的灰尘少,说明走这条路的人居多。

而且我仔细察看了一下,这条路前方有许多血迹,定是前人所留,这说明人们都选择了这条路,最后却都走上了不归路。不如,我们走石门。"

我觉得有道理,又看看其他人,大家也没有异议,便一同走进石门,谁知,我们刚走进去,却听"轰"的一声,身后的石门紧紧地关闭了。

看看已无退路,我们只有向前。前面不知还有什么危险在等着我们,大家不敢有丝毫的懈怠,一个紧跟一个,直走了一段距离,看见前面一个左拐的弯。此时,我们各自手里的火把快要燃尽,这不免让大家着急起来,在这黑咕隆咚的洞里,没有了火把,真是寸步难行。

金凯骑士让泽西和灵煦灭掉两个火把,以备不时之需。大家继续前行,台阶继续下伸,我们知道,自己越走越深。又拐过一个弯,地面平坦起来,这突然的变化让我们慢下了脚步,留意起四周来。

"快看,这墙上有画!"紫纯突然指着洞壁叫了起来。

我们顺着她手指的方向看去,把火把都凑向洞壁,果然,壁上绘着几幅人们表演舞技的图画。

"没有什么蹊跷的,我们赶紧走吧。"泽西看了一眼催道。

我却被洞壁上的画深深吸引,感觉里面的舞技似曾相识,又陌生。

"壁画不会无端出现,定是有什么用意。"金凯骑士盯着壁画像是对我们说,又像是喃喃自语。

听金凯骑士这样讲,泽西不再言语。我专注地看着壁画,突然发现一个问题,在壁画中,连贯的一套舞技下来,最后的一个动作指向一个方向,我顺着方向看去,竟发现不远处的洞壁上,有一个圆形凸起,不仔细看根本不会注意。我伸过手去一摸,那圆形竟落在我的手中,细看竟是一块雕刻精美的圆石,再看洞壁,圆形处还有一个凸起。

"快看!"无意中的发现,让我激动不已,我不禁惊叫起来。

"看上去像是个按钮。"金凯骑士说。

"对。"灵煦也肯定道。

"摁摁试试?"我问。

金凯骑士点点头,我有些忐忑不安地摁向了那个按钮,因为难以预料,这摁下之后会发生什么。

意外的是,摁下按钮并未发生什么惊天动地的事,只是在洞壁上出现了一个一尺见方的洞,洞里放着一把钥匙。这钥匙必定有用,我这样想着,便将钥匙拿了出来。没想到,刚把钥匙取出,整个洞的上方就开始塌陷下来。我紧握钥匙,连刚刚掉在手中的圆石都没来得及扔掉,就慌忙向前逃去。大石块不断从洞顶落下来,我们在石块间灵活跳动,躲避着突如其来的塌陷对自己带来的危险。

我们在闪躲的同时更是快速向前。不久,就穿过了危险区。再回头望去时,后面已是歪七扭八的大石块,根本望不到来时的路。

我叹口气,想,这下铁定是没有退路了,要么成功,要么没命,再也没有允许自己半途而废的退路了。其实这个念头在石门关闭时就已出现,只不过现在看到面前的情景,这种感触又多了几分。

就在这时,我手中却突然有了异样的感觉,低头一看,是那块圆石在我手中发亮、膨胀!渐渐地它的形状也开始慢慢变化,我的手已经握不过来,只好将手松开。

没想到,我一松手,这东西竟变成了一只从未见过的神兽,它有着顺滑的白色皮毛,高壮的体形。它的突然出现,把我们都惊呆了。我迅速令自己冷静下来,准备拿出扇子使用舞技制服它。可它突然温顺地坐了下来,用深邃的目光望着我。

我看着它,像是与它有着前世的缘分,便不由自主收起了扇子,试探着伸出手,轻轻抚摸起它那顺滑的毛。

"这神兽怎么那么听你的话?"看着这一幕,灵煦诧异。

对啊,我也不知道,明明是刚刚相见,却像是多年老友一般默契。

"它是被下了咒才变成圆石的。它与以前时间谷的君主神兽是亲兄弟,结果他的哥哥——就是以前君主的神兽,怕它实力过强,就设计让君主下咒,把它变成了圆石。"我慢慢抚摸着它如雪的毛,继续说,"你知道的,神兽除非意外死亡,能活几百年之久。"

我说完才发现,他们几个都不可思议地看着我,我也突然意识到,自己竟说出了这只素未谋面的神兽的经历。"感觉好像是……是它告诉我的……"我指向那只雪白的神兽,这话说得让我也有些不相信,那只雪白的神兽却赞同似的叫了一声,这使众人更加惊奇。

实际上,我也不清楚为什么,但一看到它的眼睛,就好像能听到它说话一样，不断告诉我丰富的信息与情感。

"它？它会说话？为什么我没有听到？骗谁呢？"紫纯奇怪地问，还禁不住指了指这只神兽，露出难以置信的表情。这时，大概是神兽看到了紫纯不屑的眼神，便向紫纯低低地吼叫了一声，吓得紫纯直哆嗦，边退边说："好好好，我不说了！"

我轻轻抚了抚它的毛，说来也怪，它马上温顺地俯下身子，往我身上蹭了几下，平静了下来。

"你不会真的遇上了与你心有灵犀的神兽吧？"灵煦话中略带羡慕，但乍一听还是原来那种不服气的语气。

大概就是这样吧，我与面前的这只神兽，真的存在着某种奇妙的缘分。听它"说"，是因为我的体温才解开了封锁它的咒语呢，也勉勉强强算作它的半个恩人了吧。

"这么棒的神兽，不如给它起个名字吧。"紫纯笑着，全然忘记了自己所处的境况。不过，这倒是个好主意，我和那神兽对视一眼，轻轻说："就叫百灵吧。"

"什么？这么壮硕的神兽竟然起这么小巧的名字，真是驴唇不对马嘴。"紫纯显然不能接受。

我没在意，只是笑了笑，看看百灵——只要它喜欢就行。而且我在心底知道，它行动起来会比百灵鸟还灵巧。百灵也看看我，露出满意的表情。没想到，在这九死一生的恶劣环境中，竟会遇到百灵，真是一件幸事。

只是，很快百灵就告诉了我一个不希望听到，却不得不面对的事实。它说，看护权杖、罂粟花的哥哥和其他猛兽已经苏醒，我们要做好应战准备。

"大家注意，准备舞技，猛兽来了!"我突然严肃地冒出这句话，让大家不敢大意，赶紧集中精神。

"嗖——"我话音刚落，就隐约听到有响声穿过我们头顶上方，为这密闭的洞穴带来一阵阴冷的风。

"嗖——"又是一声，原来是一只有着利爪的飞禽。它正向灵煦身后直冲过来，准备给灵煦致命一击。就在那只飞禽距离灵煦不到半米时，看似毫无准备的灵煦却迅速回头，用已藏在指缝间的枫叶精准无误地划过飞禽的喉咙，飞禽带着尚未结束的叫声一头栽到地上。

正庆幸杀掉飞禽，却突然发现更多凶狠的飞禽向我们飞来，把我们团团围住，我们五人赶紧背靠背围成了圆圈，使用舞技与飞禽展开一场恶战，整个洞穴，不仅有舞技使用时闪出的光，还有不时溅出的片片鲜血。

谁知，飞禽还没杀绝，又出现一只庞然大物，恶心地吐着唾液，可怕的是，这唾液溅到死去的飞禽身上，那些飞禽竟然瞬间被腐蚀得尸骨全无，这一发现让我们瞠目结舌。

我们为了躲闪，只好把圈形的队伍散开，还好飞禽已所剩不多，不必太担心背后飞禽的突袭。只是与这大神兽对峙了一段时间，我们发现轮番上阵对于这大神兽来说实在算不上威胁，慢慢地，我们被大神兽步步逼到石墙边，再也没有了退路。

百灵见我们受困，扑上去与大神兽厮打起来，解了我们一时之困，只是渐渐地，我们发现百灵并不能将大神兽打败，必须助百灵一臂之力。情急之下，我想到了与紫纯刚合作的舞技。"紫纯，我们合用舞技来对付这大神兽?"可是这话一出，又让我犹豫了，如果这次失败，不只是我，还有紫纯，我们都会没命。这次冒险是为我而行，决不能让紫纯也搭上性命，我也不清楚这舞技成功的把握能有几成。

"好，让我们一起来对付这恶心的大家伙！"紫纯答应着。

灵煦看出我在犹豫，在旁催促道："别犹豫了，合用舞技还有一线希望，要不然我们都得困在这里。"

看着他们坚定的眼神和现在危难的处境，我不再犹豫，以目示意紫纯，紫纯点点头，与我一同迎向大神兽。这是几乎等同于找死的行为。眼看那神兽张着血盆大口向我们攻来，我们挥着扇子，努力回忆那天灵煦告诉我们的致胜关键，确保舞技万无一失。

也许是危难关头，容不得我们半点分神，把注意力倾注在一点，抛除一切杂念，接下来的一切都出乎我们的意料，没再训练过的舞技，却被我俩配合得天衣无缝。当要用意念出招时，又多了几道闪光直刺神兽，形成混合颜色的巨大光亮，把整个洞都照得明亮起来，产生了巨大的力量！原来，是大家一同在帮我们；原来，这不只是我和紫纯两人的舞技，更是我们大家合作的舞技。

这庞然大物最终经受不住大家的合力攻击，轰然倒地。我和紫纯将意念持续到它不再有一丝生迹才停下。

我终于明白为什么帝王要在我的考核里，让我另外挑选几人同行。其实这场考核，不单是对我个人能力的考核，更是让我知道什么叫生死与共的朋友，什么叫齐心协力的合作，还有，什么叫无畏的选择。

望着在地上一动不动的大家伙，我心里充满说不出的喜悦。百灵好像比我更高兴，像能理解我的心情似的，在身旁不停低低地叫着。这时大家的火把将要燃尽，金凯骑士让泽西点上备用的那两把，继续前行。

继续往前走了一段路，出乎意料地发现，前面有点光亮，我们朝着那丝光亮走去。隐隐约约中，我感觉到每走一步，都像离某一件东西越来越近，是胜利，还是死亡？

来到光亮处，我们被眼前的景象惊呆了：出现在我们面前的，是一个金碧辉煌的大殿。接下来面对我们的将是什么，谁也不知道。

大家互看了一眼，小心地走进大殿，走到大殿中央，并不见有什么神兽，也不见罂粟花和权杖。这让我感到奇怪，问百灵："权杖和罂粟花呢？"百灵却告诉我别急，它说已经嗅到了它哥哥的气味，就在附近。

大家知道事情不会那么简单，四周的安静越发显得气氛的紧张。我打量了一圈，发现了麻烦，整个大殿，除了我们进来的洞口，别无出路，我们已成了笼鸟槛猿，没有任何去路，这可怎么办？正着急时，却清楚地听到百灵的声音："倘若能够拿到权杖和罂粟花，就可以借助权杖从这里出去。"听了这番话，我知道，要想活着出去，除了拿到权杖和罂粟花，我们已别无选择。

大家警觉地搜寻着四周，希望能找到蛛丝马迹。这时，我突然发现，大殿内的几座石雕发出爆裂的声音，"轰隆隆"声音越来越大，石块不时地剥落，大地也跟着一同颤抖起来。那些石雕瞬间变成一个个面目狰狞的一只眼的神兽，发出一阵阵低沉的吼叫，带动着脚上沉重的石块朝我们走了过来。

大家虽已做好一场恶战的准备，可突然出现这么多神兽，还是吃惊不已，何况刚刚经历了一场场战斗，已经耗去大家大半的体力。这么多神兽的一同出现，让大家感到凶多吉少，就连平时嘻嘻哈哈没个正形的紫纯，现在也一脸严肃，紧紧盯着神兽，不敢有一丝的分神，大家不敢贸然行动，一步步后退。

"主人，快上来。"正诧异间，我分明听到百灵的呼唤，赶紧翻身跃上百灵的脊背，立刻感到浑身充满了力量。

百灵载着我迎头而上，我施展舞技与百灵合二为一，牵制住神兽，紫纯他们见我主动出击，就停止后退，转守为攻，个个施展舞技，合力迎战众神兽。只是几番交战下来，神兽太过于强大，大家几乎伤不到神兽，却渐渐体力不支。

"怎么办？这样下去可不行？"我焦急地询问百灵，百灵突然像想起什么，提醒我："快告诉大家，神兽的死穴应该就是眼睛，让大家射杀神兽的眼睛。"

"快，大家合力刺杀神兽的眼睛。"听到我的提醒，大家信心倍增，合力攻向神兽的眼睛，果然，被刺中眼睛的神兽像瞬间被抽掉筋骨一般，失去了战斗力。

眼看神兽都被制服，胜利在望，却听到大殿地中央发出轰隆的声响，只见大殿中央的地面向两边分裂开来，一只硕大的神兽从地下一跃而起，对着我们不停咆哮，我们被这突然出现的神兽惊呆了。

很快我便发现，这只神兽与前几只神兽不同，它体型、相貌与百灵有几分相似，与百灵所不同的是，面容中带着狰狞的凶相，神兽凶狠地盯着我们，一步步地向我们逼了过来！

"百灵，快迎战！"我拍了一下百灵，可是百灵像是没听到我的命令一般，在原地站着，纹丝不动。只见百灵看着面前的神兽，表情复杂，掺杂了太多的情感，我马上意识到，面前的这只神兽就是百灵的哥哥。一种担心涌上心头，百灵该不会是念及"兄弟情"，不想与它作战了吧？

正焦急、担心间，却听到百灵的声音："准备好了吗？"还没等我反应过来，百灵已经带着我冲上前。那神兽没料到百灵会载着我向前，打了它个措手不及。

在百灵的配合下，我曾几次伤及神兽，被伤后的神兽更加狂躁，激起更强的战斗力，大家齐上阵仍然不能将其制服，最后，百灵也激发出耀眼的光芒，带着我又扑杀了上去。在这次扑杀中，我惊奇地发现，不论百灵怎样旋转，就像有一股强大的力量把我紧紧吸住，让我牢牢地附在百灵身上，真正与百灵融为一体，配合攻击。

可对手毕竟是养精蓄锐几百年的神兽，不会轻易被击倒。我想，看来还得与大家联合起来使用合作舞技。

正在这时，突然一道寒光出现，神兽躲避我的攻击，被那道寒光一下击中后背！神兽痛苦地大叫一声。趁此机会，我们大家对准神兽一起使用舞技，原本金黄色的大厅，霎时间，被耀出了五颜六色的光。

几经挣扎，那沉睡几百年而刚刚醒来的神兽，这次彻底倒地"睡"了过去。而这一觉，恐怕再也不会醒来。

"权杖和罂粟花就在地洞中。"百灵说着，带着我跃入大殿中央的地洞，取出权杖和闪闪发光的罂粟花，我紧紧握住罂粟花，拿着权杖，心里有种难言的激动和喜悦。历尽艰险，我们终于拿到了权杖和罂粟花。

"事不宜迟，我们得尽快离开这里！"金凯骑士提醒道，我再也不敢耽搁，按照百灵告诉的方法，吩咐大家站在一起，用权杖敲地三下。突然，一股强大的力量带我们腾空而起，那强劲的风吹得我睁不开眼睛，只听得耳边传来轰隆隆的声响，等落在地上，再睁开眼睛，发现我们已在洞外。身后，山体一点点地塌陷，发出震耳欲聋的响声。

我们出来了！

带着无价之宝，真的像梦一样，可我们真的做到了。

此时的心情，怎能用语言形容？我们忘记了身上的累累伤痕，忘记了身心的疲惫，所感受到的只有喜悦！

当我转身想拥抱一下百灵时，却看到它挺直着身子，凝望着那片塌陷后的废墟，一动不动。我突然有些自责，竟然疏忽了百灵，不管如何，百灵刚刚失去了它的哥哥，于是，慢慢靠近它，轻轻抚摸着它的柔毛，问："很难过，是吧？"

它没有作答。这是第一次，我没有听到它的回应。

我们乘车回去。

大家都疲劳不堪，但车上还是弥漫着浓浓的喜悦。

我骑着百灵走在车旁，车内说笑的声音不断传来。

而唯独我和百灵是安静的,我们两个一言不发。

百灵大概仍在想它的哥哥,都怪上天给了它们不同的使命,开玩笑似的让它们成了敌人。百灵最终还是坚守了自己的使命,决定忠于我,可毕竟血浓于水,哪能毫无感触呢?我理解百灵的痛楚,却又不知道该怎样安慰它,从某一个层面来讲,是我害死了它哥哥。

而我此时,却被另一个谜团所困扰——

记得就在刚才,我们还在洞里。到底……到底是谁,从背后将匕首刺入神兽的后背。我清楚记得,我们几个都在前面攻击,并没有人溜到神兽的背后。更何况,我们几人中,并没有人擅长使用匕首。

想到这儿,我的后背不禁生出一阵冷汗。

到底是谁?

匕首……暗杀?可我们之中,除了我,实在没有别人会用暗杀,更别说熟练到让周围人都注意不到的境地。难道当时在洞中的,除了我们,还有别人?或者说,使用暗杀的,就是我们自己人?

一想到这个,我不禁吓了一跳,想起月圆之夜,欧未说完的话,实在让人胆战心惊……

"嘿!瑾,怎么还不见你说话?"紫纯开心地探出头来。

我笑笑,说:"我在看一路风景。"

"真有兴致,你继续欣赏你的风景吧!"紫纯在我这里找不到共鸣,扫兴地缩回了脑袋。

大家显然都已经精疲力竭,车里不一会儿就安静了下来。

到达时间谷，我们先去拜见了君主，君主看见我们，满脸的惊讶，他根本没想到我们能从洞里活着回来。马上他的目光就开始搜寻，我知道他想要的，就从背后拿出了权杖和闪着光亮的罂粟花。君主习惯性地挤了挤眼睛，一副诧异而不敢相信的样子。

君主正要伸手去拿，我只把权杖交给了他，他收下权杖，眼睛却还是盯着罂粟花。我明白他的心思，于是说："你承诺过的，把罂粟花给我们，不会食言吧？"

"那……那是当然了，我是君主，绝不会食言！"君王结结巴巴的，尴尬地笑笑。为防不测，我暗地使用起了巫术，读取君主的心声，听他在心里说：不管怎样，四代时间谷君主都未拿到的权杖，今天被我给拿到了，我会告诉我的子民，这都是我的功劳，让大家对我更加敬畏，这样一来，我不但能够巩固自己的权力，还能名正言顺地成为最伟大的君主！

虽然他想把功名占为己有，可我并没有当面驳斥他，毕竟我们的目的是来拿罂粟花，可我还是提出了一个要求："君主，这次出行，金凯骑士帮了不少忙，立了功劳，您看是不是……"

"对！当赏，当赏！"君主点头应和，并当场宣布给金凯骑士升官晋爵。没想到金凯骑士却推辞道："谢君主恩惠，只是在下无意受赏，只想要几亩地，休官回家种田。"

这金凯骑士虽说是受君主重用的人才，但就因为金凯骑士的精明能干、足智多谋，也成了君主的一个心腹之患。自古以来都是这样，嫉贤妒能的领导者中，此君主并非最严重的一个。

现在金凯骑士主动提出返乡休官，虽然君主有几分不舍，但还是答应了，并赏赐了金凯骑士可观的珠宝。我见君主也不是无情无义之人，就对他想独吞功名一事不再计较。

共患难的经历，让我们和金凯骑士有了一份特殊的感情。要分别，竟有些依依不舍。看着渐行渐远仍然挥手与我们告别的金凯骑士，我内心中生出万分感慨，人生中有太多的分合，有时不管你愿不愿意，都得去面对。

就这样，君主成了独闯密洞拿回权杖的伟大人物，金凯骑士莫名其妙不见了踪影，一群年轻的外乡人来了又走——他们身边还多了个白色的神兽。除此之外，旁人再也不知道发生了什么，我们拿生命做赌注的冒险之旅，也和百灵的哥哥一样，被埋在了洞中，除了我们，再也没人知道。

柒 / 祸福相依

"不是所有镜子都明澈如水。明辨是非真假,无所畏惧,方能得己欲求之物。"

一晚的休整后，第二天早上，我们整装上路，开始新的征程。

"哦？瑾·墨，昨天你受伤没有？"在车上，紫纯突然问。

"噢，没有啊。"我勉强答应着，不自然地拽了拽袖子，生怕让别人看到藏在衣服里的伤口。

"真的假的？这么厉害，真是我心中的战神……仅是比我略逊一筹而已。"紫纯带着一身的伤，嬉皮笑脸地说着。

"得了，你就承认吧，谁身上的伤口多，谁就舞技逊色。"我得意地说。

这时，我不经意看到了一旁有些尴尬的灵煦——他的身上也有不少的划伤。可是不知为什么，原本一心想胜过灵煦的我，现在却不愿向他炫耀，充斥在心中的，是心虚？是惭愧？是心疼？模糊的感觉把我的心情搅成一团糟，只好任由紫纯在一旁叽叽喳喳，自己安静地把头转过去。窗外，百灵紧挨着马车走在一旁，我冲它笑笑，百灵高兴地摇了摇尾巴。

车上单调的气氛被泽西打破："咱们这就走出时间谷了，接下来该往哪儿走？是不是该打开地图了？"

"地图？"紫纯一听兴奋得差点一跃而起。我连忙按住她，说:"我的姑奶奶,这可是马车,你安安稳稳坐好!"

紫纯朝我撇了撇嘴坐好,我赶紧从包裹中找地图,自从上次丢失地图事件后,生怕地图再不翼而飞,看到地图好好地在,一颗悬着的心才放下来。

打开地图——

又是那样熟悉的光芒。它已经显示出我们所在的位置,还有我们要去的地方——我就一直觉得这玩意儿比凡间的GPS高端多了。

我们几个人的眼睛集中在最后一个要去的地方,不再是墨舞国的子国,而是在墨舞国领域内最偏僻的地方——幻境海口。

"这是什么名字,也太不含蓄了,听着就瘆人。"紫纯的抱怨无所不在,这不,又抱怨起地名来了。

"我说你就省点心吧。虽说这是最后一关,但万万不能掉以轻心,通常最大的困难也是在最后。"我不仅是说给紫纯听,也是说给包括我自己在内的所有人听。

大家纷纷点头,并表示定会谨慎应对。我感到了前所未有的安全与自信,但也有着前所未有的压力与紧张。既然已经走到今天这一步,那就要坚持下去,成功地走到最后,保证同行所有人的安全。

我脑中不断滚动着各种凌乱不堪的复杂思绪,眼前花花绿绿的风景在我面前闪过,像捉不住的一道道影子。

这是第几次赶路,我也数不清了。只知道所有的人,包括百灵,都多多少少有些疲惫。

"奇怪,瑾·墨,你确定是往这走吗?"不知过了多久,马车渐渐停了下来,泽西随即问我。

"照地图准没错,有什么不对吗?"没搞清状况的我,挪到泽西跟前,看看外面到底发生了什么。紫纯和灵煦也掀开马车窗帘,想看个究竟。

当我看到外面的情景时,一下子愣了。

再往前走是悬崖,不知怎么回事,我们来到了这么高的地方,前面云雾缭绕。

"这是什么意思?"紫纯惊恐地说,"该不会……帝王是想让我们从这摔下去,以死了结吧!"

我们三人狠狠地瞪了她一眼,责怪道:"瞎说什么!"

紫纯也知道自己说了不吉利的话,撇了撇嘴,不再吱声。可经她这么一说,我心里也没底,不知该作何选择,要不要按照帝王的指示继续前行?

可前行就会人车俱毁。哪有明知是陷阱还往里跳的?何况,我刚才还说,要保证同伴们的安全。

不,这是帝王的命令,是不会有错的,我本该忠诚于她。

没错。

"我们走。"我说了一声,静静地坐回车里。

"走?往哪走?"紫纯在我旁边,不相信似的问。

"按地图,向前走。"此刻,我的内心却是出奇的平静。

"往前?瑾,你在开玩笑呢!难道你没有看到前面是什么吗?除了云雾什么都没有!你明明知道再往前就会摔下去没命的,为什么还要一意孤行?"紫纯诧异地说。我不理会她,只是端端正正地坐在原处,目视前方。我在心里默默对她说:紫纯,你说的这些我当然清楚,只是帝王让我们去死,我们就不能活,对帝王忠诚是墨舞国每一个子民需要做的事。可是紫纯似乎并没有明白这些,见我无动于衷,突然大声说:"不能再往前走了!怎么能明知是死,却还是要白白送死呢!"

"坐下!"灵煦大吼一声,接着对泽西说,"继续向前!"

泽西咬了咬嘴唇,紧皱了一下眉头,准备驾车向前。紫纯一听,眼中充满了泪水,我了解紫纯,她并不是怕死,而是觉得这样无辜送死太不值了。

连拉车的马都在打哆嗦,外面的百灵倒还是泰然自若。

我紧紧闭了下眼,两行泪悄然滑过,无人发觉。那是无奈,也是无望。

泽西吆喝一声,我清清楚楚地感觉到车轮的转动。

这一刻,马车内外都是安静的。每个人,都抱着必死的心。不,还有一颗热烈的赤诚之心。

然而——

接下来,我并没有听到急速下落带来的风声在耳边呼啸,马车仍然平稳地走着!

我们睁开双眼,吃惊地发现——悬崖并没有瞬时变作笔直的大路,也没有让我们摔下,而是我们的车子行驶在了云雾之上!

帝王的声音突然在耳边响起:"是你们的忠心让你们走上了正确的道路,我将给予你们真心的祝福,希望你们能够成功……"

原来一切都是帝王安排。

虽然大家通过了帝王一个小小的考验，但总感觉说不出什么滋味。

话说回来，这件事，折射出我们不同的心态和处事原则。我和灵煦，是一味地讲求"忠心"，帝王让我们向东就绝不向西，甚至不清楚这样做的理由是什么，整件事下来就是为了忠诚。而紫纯纯真、灵活，不清楚的事不会盲目冒险。泽西则一直保持中立。既然双方的选择都有些偏激，就没必要再去埋怨谁了，把它仅仅当作紧急情况下的几种不同选择。

车上的气氛太过安静。我难以忍受这尴尬的局面，就下车骑到百灵背上，与百灵在心底聊着天，继续赶路。

我问百灵："如果是你，刚刚的状况，你会怎么办？"

百灵说："我当然也会选择前行，神兽存在的意义本来就是相信主人、忠诚于主人。"

我笑着摸了摸它的头。

没过多久，车上的怪异气氛就已消失。毕竟是出生入死的朋友，当然不会因为一些小事而斤斤计较。

可我们现在在哪？不是海口吗？难道是空有其名？

紫纯比我先提出了这个问题。

"我们现在就是在'海口'，从刚刚悬崖那开始，就进入海口了。"灵煦说。

"哪有海？"紫纯质疑。

"在下面。"灵煦回答。

"下……下面。"紫纯恍然大悟。原来我们是在海口上空的"地域"，所以就把这儿叫"幻境海口"。

渐渐地,我感到我们越升越高,再往前走,又出现了花草树木,像真正的幻境一般,叫人欲仙欲醉。再继续走,便有了来往的稀疏人群,好像与墨舞国其他地方没有什么不同。"这里的人好奇怪啊……"听紫纯这样说,我才注意到,过往行人要不昂首挺胸,要不面部冷漠,看上去都不是什么善者。

这里的确美,到处是花草树木,却也让人感觉到一分异样,到处充满着肃穆的王者气氛。除此之外,还有越来越重的杀气。

我说:"这地方诡异得很,大家提高警惕!"

"明白。"紫纯说。这时她脸上已不见了嘻嘻哈哈的笑容,她比我要敏感得多,自然也感觉到不对劲儿了。

帝王葫芦里到底卖的什么药,指引我们来这么诡异的地方?

我虽提醒自己要努力保持警惕,可看到这美景,环顾四周,竟越来越昏沉。我狠狠地掐了自己一下,这才清醒了些。一回头,看到紫纯也有些迷糊,我感觉事情不对,便狠狠地掐了紫纯一下,紫纯这次明白了我的意图,感觉出异样的她没有责怪我,而是坐得端正了些,瞪了瞪双眼。灵煦也感觉到不对劲儿,紧紧皱着眉,手上不断重复使用舞技前的动作,以便自己警惕起来,并提醒泽西保持清醒。

我拍了拍自己的脸,试了试自己的舞技,这才感觉稍微好些。我想起了百灵,赶紧看了下窗外的它,发现它一点事都没有,我对它用舞技测验,它很快就挡了下来,我有些奇怪,为什么百灵没事呢?

我考虑着这个问题,又开始犯迷糊。一会儿迟钝,一会儿又把自己折腾精神,这么来来回回好几遍。

然而当我又一次刚把自己弄清醒时，突然听到百灵大叫一声，紧接着一只匕首破窗而来，被我稳稳当当地挡住了。

我们都吓了一跳，泽西赶紧停车，我下车大声问："是谁？"

"是我。"在匕首飞来的方向，有一个着一身绿装的年轻姑娘。

还没等我们说什么，她就开始说话了："你们不谢谢老娘就算了，还板着个臭脸，给谁看呢？"当这姑娘话一出口，我就知道，嘴不饶人的紫纯不会善罢甘休。

果然，紫纯不服气地说："用匕首暗算我们，还要我们谢谢你？你做梦吧？"

"依我看，真正做梦的是你们！"那姑娘也不示弱，接着说，"怎么？不承认你们像做梦一样迷迷糊糊吗？"

一听这话，紫纯虽仍然满脸的不服气，嘴上却说不出话来，因为那姑娘说得一点也不错。

"想必姑娘知道原因吧？能否告诉我们怎么回事？"看姑娘再无恶意，我便耐着性子问道。

"那当然，我是本地人，怎能不知根由。"姑娘说着，还不屑地瞥了一眼紫纯，大概意思是说：叫你嚣张！紫纯嘟了嘟嘴，竟然没有再言语，大概考虑到，不能因为自己的脾气耽误了大事吧。

见紫纯再没有跟她斗嘴的意思，姑娘才说："我确实是在帮你们，你们却不领情呢。这不是普通的地方，你们几个外来人竟然说话这么不客气，小心惹是非。这幻境海口有个特点，就是你的脚一不着地，就会昏昏欲睡，接着像做梦一样，严重的还会出现幻觉,甚至沉迷梦中不能醒来。"

"真的假的?"紫纯质疑。

"不信算了,我懒得跟你们解释。"姑娘真不是吃素的,话说到一半就想转身离开。

"哎,姑娘,把话讲完再走也不迟啊。"见姑娘要走,紫纯慌忙拦道。

那姑娘回过头来,说:"没什么,只要你们脚着地,就没事了。还有,我掷匕首是为了提醒你们从车上下来,别大惊小怪。再告诫你们一句,这里不是什么好玩的地方,现实比你们看到的美景要差得远,劝你们还是早些离开吧。"说罢,这姑娘就扬长而去。

紫纯看着姑娘那远去的背影,埋怨道:"哪有朝别人扔匕首来帮人的,真是莫名其妙。"

虽然这姑娘的做法有些让人难以接受,但我们还是听了她的话,下车步行向前。果然,我们不再犯困,精神了不少。

这里依旧云雾缭绕。我们仿佛置身于美妙的梦境。

可是我们走了不久,就被卫兵拦住了去路:"前面是禁区,请就此止步。"

"我们是从墨城来的,有任务在身,烦请放行。"泽西在前谦谦有礼地说。

"墨城来的?还有任务?"那卫兵打量着我们,我们点点头,不料他严肃地说道,"那更不能进去了。"

"这是哪儿的道理?我可告诉你,这里可是有墨舞国的公爵和准公爵在呢！休得无礼！"紫纯报出了我们的身份，这是整个路程中少有的事。

卫兵听了这话，与身边的同伴交头接耳了一会儿，决定派一个人进去汇报。

过了一会儿，一个妖里妖气的男人风一样地飘过来。

"妈呀，这是人是鬼？"紫纯在我身后小声地说。

"你们来这该不会是想要罂粟花吧？"那男人看了看我们几个，开门见山地说。他的声音像他的长相一样古怪，乍一听好像不知是从哪里传出来的，却又让我不敢大意，因为我看到他眼中的深紫在闪光。

"猜对了，算你聪明！"紫纯想用平日活泼的语气讨得他的喜欢。本是想拉拢关系的，没想到那男人却丝毫不领情，把脸一沉说："还真敢来！"

我们几个一时摸不到头脑，不知这人是什么意思，直到他招呼我们进去，我们才算松了口气。紫纯大摇大摆地走过去，故意做给旁边的卫兵看，摆起手臂都差点打到我。我笑了笑，一个人的天性，总会不时地显露出来。

一路上，那男人无话，我们跟着他穿过了花坛，刚走了没几步，那男人就停下了脚步，却没有跟我们说话的意思。我们不解地看看他，又看看周围，实在没什么特别之处，为何要在这儿驻足？

我正疑惑时，顺着他的眼神看到了一只苍鹰从远处"噗啦啦"地飞来，稳稳地落在了他身上，他从苍鹰的身上取下书信。我心想：会是什么样的内容？与我们有关吗？

正想着，那男人看完书信，转过头来问我们："你们当中……有人会巫术？"

泽西站在前面，不假思索地说："当然。"

"是谁？"

"是……"这时泽西才意识到事情不那么简单，声音小了下来，刚刚举起的手软软地转到我这边，说，"她，瑾·墨大人。"

灵煦和紫纯都紧皱眉头，我也有种不祥的预感。

"那就对了。"那男人说着把我拉到前面，要我跟他一起走。灵煦、紫纯和泽西忙追上前，却不知什么时候在他们面前出现了一道带有巨大力量的无形的墙，把他们反弹到了原地。

"喂，让我们进去，我们是一起的！我们还有任务要一块完成。不能让瑾独自去！"紫纯在后面绝望地喊叫。

我一边被拽着向前走，一边不停地回头，看到他们一次又一次地尝试冲进来，用遍了舞技却被一股巨大的力量击到原处，我感到的只有心痛。现在的我极像一个被俘虏的囚犯，这场景，就像与亲人生离死别一样。

那男人终于给出了解释，微微侧头，对我和外面的灵煦说："我也是奉命行事，书信上说会巫术的才是真正需要过关斩将的那个，其他同行只能在外等候。"接着，他又看了看我，说，"你就是那个奉帝王之命，接受考核的侯爵吧？"

"正是。"我回答。

他行了个礼，又说："休怪在下无礼，在下也是奉命行事。"

外面的紫纯根本不听他的解释，只是一个劲儿地使用舞技往里冲，结果无济于事。灵煦却很冷静，他对我说："去吧，等你好消息。"

我答应着:"好,我很快就回。"我知道,这一定是帝王别出心裁的安排,她觉得,倘若是真有本事、能救墨舞国的人,就定能活下来。我心里清楚,如果想要做公爵,就一定得走这一步。只是我不知道,前方等待我的,究竟是什么。

走到半路,我试探着问那男人:"你能否告诉我,等待我的是怎样的考验?"

他看了我一眼,沉思了片刻方道:"看你初来乍到,又是独自闯关,就不妨告诉你,你极有可能被困在梦境中,千万不要惊慌,梦里所有的人都是假的,切不可与现实混淆而让情感牵绊了你。还有,你得想办法尽快出来,不然在里面时间太长,就再也出不来了。在这儿离地而行的感觉你知道吧?"

我忙道:"这我知道。"

男人点点头,接着又叮嘱道:"你进入的梦境定是你平日里最在意的,大多数人很难把梦与现实分开,如果你真的接受不住考验,确实很可能把自己迷失在里面,你得小心。"这时,我觉得这人其实不坏,竟然对未曾谋面的人好心叮嘱。只是自身的职责把自己武装了起来吧,我想,人性本善正是如此。

走了一会儿,他带我停在了一个巨大的天坛边,这天坛看起来很是雄伟,我正纳闷间,他对我说:"我已把你带到这儿了,能不能拿到罂粟花就看你自己了,祝你好运!"

我想,在这空荡荡的地方哪有什么罂粟花?难道让我在这地下挖?我忙用巫术读了他的心,听到他说:是死是活就看你的造化了,我曾把多少人送到这里,又有多少人在这儿上了西天。唉，虽说我并没亲手杀人，却感觉跟刑场的刽子手差不多啊。

听他这样说，我只好与他告别，自己内心竟真的感觉如上刑场。

看着那男人离开，我环顾四周，耳旁的呼呼风声一刻不停休。在原地待着，除了风吹起了地上残败的落叶外，再没有什么变化，好奇终于让我忍不住迈开了脚步，围着天坛转了一圈，毫无异样，连半个人影都没有，还谈什么危险不危险，心里不由放松下来。

在我来回打量，无所事事的时候，突然听到有人在叫我的名字。

我着实被吓了一跳，回头看看根本没人。这是遇见鬼了？

不多时，那声音又一遍回响，这次我用心留意，确定不是幻听，追寻着这声音找去。"瑾·墨，瑾·墨……"这声音不断搅动着空气，细听，并非出自一人之口——全是我熟悉的声音啊！紫纯、灵煦、欧……没错，是他们的声音！我开始琢磨这声音的来源。然而不久，这一声声的"瑾·墨"又变成了"唐糖"！

听到"唐糖"二字让我吃惊不小，毕竟是在墨舞国，怎么会有人叫我"唐糖"？同样的，这些声音又分别是余可然、司雨舜、孙哲、叶姐等亲近的人的。当然，还有爸妈那陌生而又熟悉的声音。

我心里涌起了从未有过的酸楚，随着那声音的引导，渐渐地，渐渐地，我像失去控制似的，向天坛最顶端走去，机械地踏上一级一级的台阶，终于，我站上了这片地中最高的地方——天坛。

呼唤我名字的声音越来越小，我慢慢清醒了过来，这才意识到情况不对，赶忙想要下去，可是已经迟了。我的周围突然竖起一圈圈高高的像镜子一样的东西，一圈连一圈，层层叠叠把我围住！

不祥的预感再次涌上心头，我一下子乱了阵脚，不知这葫芦里卖的什么药。

"不是所有的镜子都明澈如水，还有的，像混沌的云雾，别被它们迷住双眼。明辨是非真假，无所畏惧，方能得己欲求之物。"远远地，我好似听到了灵煦的声音，却又觅不到他的踪影。

"对了，我得从这里出去，可哪里是出路？"我这样提醒自己，开始寻找正确的出路，可是层层叠叠的镜子前，我根本无从下手。

停步，我面对一面镜，手扶镜子边缘，紧紧盯着镜子里的自己，蓝紫色眼睛里发出凌厉的光芒，薄唇轻颤，警惕之色藏匿于眉宇之间，无法掩盖。我微微低下头，可是，就在那一刻，我察觉出了一丝异样！

我猛然抬起头，发现镜中的自己也低头抬头。我想，它并不与我同步。渐渐地，我的表情变得很紧张很严肃，可镜中映像的面容却无比狰狞、邪恶。

"你是谁？"我望着镜子里这个与我一模一样的怪物，厉声问道。

"你是谁……"无数回音响起,仔细听,才发觉它们源自不同的镜子。我不自觉倒退一步,扫视四周,无数个不由我控制的瑾·墨将我团团包围。

来者不善。

我迅速抽出别在腰间的扇子,向其中一个使出"唐氏"里的一招,扇子飞快地击向镜中人,然而电光火石之间,我扇子发出的那股力量竟全部反射过来,把我自己重重地击倒在地。

"你们到底是谁?"我勉强支撑着自己,站了起来,问。

"你就是我,我就是你……"声音又从每个镜子里传出,带着一丝冰冷的气息。

我尝试对她们使用其他舞技,可结果除了让自己伤痕累累,别无用处。

我又想起了从灵煦那学到的、能够击碎玻璃镜的舞技,可全都无济于事。

经过长久的周旋,我终于想出了破解方法,闭上眼睛,不听不看,专心致志地把自己与扇子融合,然后制成封界,将周围的镜子连同镜子中的映像全都定格。所有的"我"都在一瞬间凝固,像实验室里的标本,动弹不得。

镜子的定格,让我不再眼花缭乱,看着自己成功克服了第一个困难,即便受了点伤,也还是多少有些得意和踏实了。我让自己静下来,慢慢寻找出口,可接下来,我发现,自己身在其中,仍无法判断哪里通往出口,好像一只瞎猫,靠直觉选路,一次又一次地进入死角,无时无刻不渴望能够碰到那"死耗子"。

我拐入另一条路，突然听到有抽泣声，便好奇地循声觅去，果然在不远处找到了声音的来源。

看样子是个和我一般大的女孩，正蹲在镜子旁，抽抽搭搭。我凑过去，定睛一看——那身绿装，好生眼熟！

"姑娘！"我轻声问道，"姑娘你没事吧？"

那女孩仍是把头深深嵌进双臂里，就像没有听到我的话。

"姑娘？"我再次唤道。

过了好一会儿，那女孩终于在我的询问声中，缓缓抬起了头。

她的乌发，她的细眉，她的丹凤眼，还有小巧的鼻子，嘴巴，下颌……当她徐徐抬起头，我愣住了。

"你不就是……"我看着她的眼睛，终于认出来了，"是那个往我们马车上掷匕首的姑娘？"

她把目光转向我，依然哽咽着，没有回答。

"我们还真有缘。你叫什么？"我忍不住与她搭话。她现在红肿的眼与先前不羁的样子，反差极大，她柔弱地蜷缩在这里，让人不由自主想要帮她。

"仇慈。"她的声音像是在空气中飘下的一根发丝。

"我是瑾·墨。你为何一人在这儿？"

"我不知道，刚刚不小心走进这迷镜宫，就再也找不到出口了。"

"这是迷镜宫，怪不得，你可知道怎样才能走出去吗？"我问，却又发现自己问得多愚蠢，如果她知道怎样出去，就不会急得蹲在这哭了。我望了望周围纵横交错的镜子，轻叹一口气。

"你……你能带我出去吗？"她用颤抖的声音试探着问，眼里满是期盼。

同是天涯沦落人，我又何尝不想马上拿到罂粟花，然后从这鬼地方出去，与同伴们凯旋呢，可我并不知道这迷镜宫的出口到底在哪呀！

我又一次触碰到她电流似的祈求目光，那一刻，我几乎是不受控制地说出："好，那得我办完事后，才能带你走。"

她破涕而笑，站起来用力抹掉两颊的泪痕。我也跟着站起来，感受到她的手紧紧拽着我的胳膊。

我的内心却是不平静的，一方面，我并不知道出口在哪里；另一方面，我还有要务在身，现在多一个人在身边，寻找罂粟花就更加不便了。我几次想要开口，犹豫再三，终究没能说出口。我看一眼身旁精神焕发的仇慈——倒与紫纯有几分相似，又想到她曾掷匕首帮助我们，大概也是个机灵的人儿……也罢，留她在身边，兴许还能帮得上自己。

心里这样想着，便释然了。

她开始久久盯着我："你们几人为什么到幻境海口来？一定是为了罂粟花吧？"

被她一语道破，我心中不禁一震，但表面仍波澜不惊："你怎知道我们是为罂粟花而来呢？"

她收起目光，撇了撇嘴，答道："人们都知道罂粟花是幻境海口的珍宝。长久以来，哪个人不是虎视眈眈地盯着这罂粟花？也就是因为这样，才有了这迷镜宫，把罂粟花放在其中，让贪心的人有来无回。久而久之，当地的人都不敢对罂粟花打歪主意了。只有个别外地人，不知道这迷镜宫的厉害，还会妄图得到罂粟花。可这迷镜宫处处危机四伏，进来容易，出去可就难了。"

"难怪你误入迷镜宫会如此慌张恐惧。那你可听说罂粟花放在迷镜宫的什么位置？"

"听说是在镜子里的世界。"

"镜子里的世界？怎么能进入镜子里的世界？"

"不知道啊！"仇慈摇摇头。

也对，如果她知道，就不会困在迷镜宫里了，我怎么总会犯这样低级的错误。不再寄希望于仇慈，我便细心地打量起这些镜子，究竟怎样才能进入镜子里的世界，哪里才是入口，既是入口，会不会与其他地方有所不同？可眼前这些重重叠叠的镜子全都一个模样，根本看不出丝毫的破绽，这不免让我毫无头绪，又暗自叮嘱自己一定要沉着，不要慌。

既然不知哪里是入口，那就在这虚虚实实中，挨个镜子去找，这办法虽然笨拙，但却是最有效的。拿定主意，我挨个去观察每一面镜子，去触摸、敲击。仇慈见我这样，不停地问："这样有用吗？"

"不知道，我们总要干点什么，不能坐以待毙。"见我这样说，仇慈不再说什么，跟在我身后由我挨个去试。

我穿梭在迷镜宫里，不停地用食指关节敲击检查每一面镜子，每面镜子都会发出厚实而短暂的响声。过了许久，仍然没有任何的发现，这不禁让我着急，也有些丧气起来。仇慈也哭丧着脸道："没用的，看来我们真的要葬身迷镜宫了。"

"不会的,我们一定能出去。"我告诉仇慈,又像是告诉自己。说完,我继续敲击、抚摸,不漏过每一面镜子。当我来到迷镜宫一拐角处的镜子前,重复着那敲击的动作,我的手指触及镜面时,却根本听不到敲击声,我愣了一下,镜子并没异常,赶紧又用手去抚摸,怪事发生了,我的手竟然伸进了镜子里,这一发现,让我吃惊不已,转头看了看仇慈,只见仇慈也惊得张大了嘴巴。

我又试探着抬起脚,迈向镜子,发现脚一下子迈了过去。这时,我才惊喜地意识到,这就是入口,马上招呼仇慈:"我想我找到进入镜中世界的入口了,快走。"说着一脚迈了过去,果然,镜子的那边,通往的是另一个世界,我环视四周,其他的镜子纹丝不动,依然摆着严整的阵势。

仇慈紧跟在我身后,感叹道:"没想到这镜子的世界真让你找到了。"

我自豪地笑笑,马上发现,我与她迈入的世界里有些阴暗,见不到一个人。

"罂粟花会在哪呢?"我站在这个陌生又诡异的地方,心里有些发毛。

"你别急,跟我来呀。"仇慈说。

"你知道?"我纳闷。

"听说过,快来吧。"仇慈说着往前走去,我只好跟在她后面,一边向深处走去,一边警惕地捕捉可能发生的危险。

很快,她将我带到了一座山的山顶,云雾缭绕,寒风瑟瑟。"看到了吗,罂粟花就在那儿!"她指着前方说。

眼前满是浓稠的雾，我只能勉强分辨出不远处就是悬崖，隐约地，好像确实有一点蓝紫色的光在若有若无地闪耀。

"真的是罂粟花？"我惊喜地叫道，接着丢下一旁的仇慈，快步走向悬崖边，一心想要拿到罂粟花。

云与雾充斥了整个视野，我慢慢接近悬崖，发现那团蓝紫色的光不是罂粟花。霎时，我感觉不妙，背后生出了一身冷汗，慌忙想要往回退，可是晚了，毫无防备的我被后面一双有力的手推了下去！

我看到仇慈的身影化作云雾，消失不见。

都是假象，是幻境！

我竭力抓住悬崖边的一根藤蔓，身子悬在半空中。我不能放弃任何的希望，用另一只手伸进衣袋，还好，水晶球还在，掏出水晶球，颤抖地默念："诳也，非诳也，其实所诳也。"马上，我听到了一丝动静，循声看去，眼前果然出现了一群大雁。它们整齐迅速地飞来，将我托住，带回了山顶。看到自己平安回到山顶，我才松了一口气。看着面前的一切，我心里好迷惘，不知自己该去哪里找罂粟花，仇慈告诉我在镜子里的世界，可好不容易离开迷镜宫，来到这里，却是一场幻象，仇慈的话并不可信，难道自己要重回迷镜宫，重新寻找答案？我这样想着。

再回到迷镜宫，我慢慢定下神来，脑子里全是那句"明辨是非真假"。灵煦教给我重要的一课，就是不要轻易相信别人，可我还是明知故犯，出现了完全可以避免的错误。

我揉了揉太阳穴，重新打起精神，提醒自己同样的错误不能重犯。

也许这儿的一切都是幻象,真如仇慈所说,迷镜宫危机四伏。

没想到刚走两步,拐角处迎面竟碰上了紫纯。

"瑾·墨!"她激动地大叫,"终于找到你了,瑾·墨!"而我却格外警惕,她一靠近,我就取出扇子,盯着她,怕她有什么风吹草动。

她望着我取出的扇子,惊恐地后退了一步:"瑾,你这是干什么?"

"离我远一点,你不是紫纯。"我手持扇子,锁紧眉头。

"瑾,你是怎么了,我当然是紫纯,灵煦和泽西好不容易才把我送进来,要我来帮你,你怎么连我也不认了?"紫纯开始慌慌张张地解释,见我根本听不进去,越发着急。

我问:"那么灵煦和泽西呢?你又打算怎么帮我?"我蓄势待发,随时准备好使用舞技,只等时机一到,便可以破除这幻象。

"他们在外面接应我们,就算我们拿到罂粟花,这儿的人也不会轻易让我们出去。而我,来帮你拿到罂粟花。"

面前的紫纯让我一阵纠结,踌躇不定,但最终,我还是没有放下我的舞扇。

"好,那你准备带我去哪?"我试探她。

"我们现在要做的就是找到出口。我们打听到,罂粟花在镜中的世界里。"紫纯看着我,坚定地说。

我心中大笑,想,这迷镜宫会故伎重施,而我却不会傻到故错重犯。我把扇子指向那个所谓的紫纯,紫纯大惊,双眼露出难以置信的神色。

"要怎样你才能相信我真是紫纯?"她着急了。

她越慌乱我越有机会取胜。我心中多少还是有些顾虑,万一她真的是紫纯,那我岂不是成了无情无义的小人?

复杂的思绪与情感在紫纯蓝紫色的眼中搅动缠绕,可先前仇慈的目光更是楚楚可怜,真假难辨。

我最终还是答应了与她一起走,但警戒心丝毫未减。又一次走进这个令我毛骨悚然之地,我内心更加不平静,面对旁边的紫纯,也充满了不确定。

我见她向山那边走,更是出了一身冷汗:"为什么朝那边走?"

"这荒无人烟的地方,自然是山最可疑。"

"罂粟花不在悬崖上。"

"我觉得也是。"她没有被我的话呛住,反而更加胸有成竹。

果然,我们绕过山后找到了一间镜子屋,我们走进去,千万朵一模一样的罂粟花绽放在眼前,蓝紫色的光照亮了整个房间。它们全是镜子反射出的映像,其中只有一朵是真的。我找到中心那朵真实的罂粟花后,开始紧盯着紫纯,怕她有什么动作,而她却只是笑得很开心,就像当初找回了地图一样。我一阵揪心,还是把扇子指向了她,说:"你不要动。"

"你还是不相信我,瑾。"说着,她把扇子扔给了我。紫纯以前都是扇不离身,因为没有了舞扇的紫纯,就像没了半条命。舞扇上还有她的余温,跟她相处这么久,还是第一次碰到她的舞扇。

我握紧她的舞扇，犹豫片刻，终于决定取罂粟花。

可罂粟花就像扎根在了原地，纹丝不动。我有些尴尬，下意识看向紫纯，紫纯的眼睛里溢出了满满的急迫，好像在说：让我帮你吧。

"你……"我欲言又止。

"如果你相信我，可以试一下我们一同使用的舞技吗？"紫纯好像看破我的心意。

我当然是不敢百分百相信她的，不过事情迫在眉睫，这一加一大于二的力量，若是使出，真可能拿出来。我思忖许久，终于把扇子交给了紫纯。

她拿到舞扇，又开心一笑，这一笑反而让我更加不安。她拿着扇子比比画画，牛刀小试，却突然把扇子指到我身上，向我使出了舞技。我大惊，挡住她一招后开始反攻。只见她比我更惊恐，嘴里说着"抱歉"，手上慌乱地防御我的进攻，直到她肩膀上的鲜血滴到我的舞扇上，那鲜血就像一朵艳红的罂粟花，在我的舞扇上迅速绽放。

我愣住了，幻象里的人是不会有实实在在的鲜血滴下的。

"你……真的是紫纯？"我把舞扇放下，听到她在耳边不住向我道歉，解释她不是故意想要伤害我。

可猜忌她的人是我，刁难她的人是我，伤到她的人是我，而现在，她的每句对不起都像针扎，我快要窒息。

她一点也没有在意自己的伤口，不知疼似的，只是要求我快些配合使用舞技，好取到罂粟花。

我屏气凝神，扇如风，心如水，两人结合后力量的洪流甚至将镜子屋毁坏,强光冲天,罂粟花到手。

"快走!"我刚拿到罂粟花,紫纯就开始拉着我往外跑。我开始大惑不解,重新进入迷镜宫才发现后面已经有大量士兵追来。我们穿梭在迷镜宫中,并不知出口在哪,有了从未有过的惶恐。这迷镜宫拐来拐去,难抓也难藏。

所以,当我们背无通路,面朝重兵的时候,阵势像极了瓮中之鳖。我和紫纯都不敢轻举妄动,因为只要开战,我们两人根本寡不敌众,结果可想而知。

像是暴风雨前的宁静,又像是即将挣断的琴弦。

终有一人拨出弦音——

琴弦绷断。

所有人虎视眈眈地盯着我手中的罂粟花,饿狼般扑来。他们眼睛的颜色深浅不一,在我面前一晃而过。我舞动扇子,抵挡着他们层出不穷的各类舞技。周围扬起漫天的沙土,这个原本安静的地方,陷入一片混战之中。

怀中的罂粟花越发沉重,我像拥着自己骨肉一样,保护着它。这是最后,也是唯一的机会,错失此机,大家共同努力的心血将会全部付诸东流。

太累了。

我不知道这场以二敌众的战斗还能坚持多久。

一晃神,周围的士兵又多了不少,这接踵而来的人马,完全没有给我俩留活路的意思。我的手心又慢慢冒出了冷汗。手足无措时,紫纯的手突然握住我,我一愣,心想,莫非这紫纯想要与敌人同归于尽?

敌军已经开始进攻，我凭借一只手使用舞技，抵御进攻，很是吃力。

只听她突然问我："你的指环的咒语是什么来着？"

我不明白她为什么在这种危急关头仍有这闲情逸致，就随口答道："绝处生还。"

没想到，就在我话出口时，她立即转动了戒指，阴鱼取代了阳鱼的位置，就像曾经灵煦说的那样，阴阳运转，颠覆乾坤。那一刻，我便明白，这指环只能保我一人，而另一个人，单打独斗，根本无法抵御如此多的士兵，可以说，必死无疑。而一切即将发生的事就如汹涌波涛，滚滚而来，无法遏制。

她离我很近，但混乱中，我感受不到她的呼吸和心跳，也没有机会用巫术听听她的内心，甚至，看不到她闪烁的泪眼。

万分之一活下来的可能也没有。这场注定失败的赌局，没有人愿意去赌，除了紫纯。

这分明就是最后的告别。

指环顿时放出万丈光芒——

捌 / 载誉凯旋

夜很静,只有微微海风呢喃,海浪轻轻拍打岸边的礁石。
她的声音连同她的身影,一起消失在夜空里。

恍恍惚惚，此刻的我，已经蜷缩在马车上，怀里仍紧紧搂着罂粟花。明明暖风吹得很温和，可我好冷。

泽西带着失落，说："眼看就要到七天的期限，如果我们不能按时回到墨城交差，那又要功亏一篑。这已经等了两天了，恐怕紫纯……她……回不来了。"泽西后面的话，声音压得很小，却像触碰到了我的某一根神经。

疼，心疼。

这两天里，泪流下来，又被风吹干，如此往复。

听到泽西这么说，我又突然不能克制地激动了起来，嚷着要去救紫纯，嚷着说相信她不会有事。说着，我就直起身来，准备推开马车门，回去救她。

一言不发的灵煦终于开了口，他的声音颤抖有力："瑾·墨，你清醒点，别骗自己了，她已经不可能回来了！"他用力把我按回座位，并厉声对泽西说，"驾车，我们走！"

我瞬间呆坐在那里。我看到灵煦的眼睛很红，布满血丝。他的心里一定也像我一样难受。

如果这一关考验的是荣誉，那么很显然，我赢了；如果考验的是得失、是取舍，那么我便是一败涂地。我得到的，与我失去的相比,微不足道。或者说,我拥有的,并不是我最想要珍惜的。

一路上,我一直沉默不语。

包裹里,三朵罂粟花沉甸甸的,可我再没有感受到那沉甸甸的喜悦。车上没有了紫纯叽叽喳喳的说笑声,再也听不到她没完没了地与我拌嘴,再没机会与她共用唐氏扇舞杀技,与她切磋舞技。

我至今难以接受的事实就摆在眼前——她已不在。

我没有用过多的话语来宣泄我的心痛,相反,我把这最苦的苦水全部咽进肚里,化作沉默。

车上的气氛是从未有过的冷清,我像得了大病一样,蔫蔫的。

怎么形容我现在的心情呢?内疚?心痛?鬼知道呢,我只觉得眼前灰蒙蒙一片,一望无际的灰。

没想到,这次却是灵煦先开了口:"不管怎样,我们拿到了三朵罂粟花,应该高兴才是。"他心里明明也是不好受的,还强笑着安慰我。没错,我的确是不曾能够用巫术读出他的内心,但毕竟都是生死与共的朋友,尽管平日免不了拌嘴,彼此间却有了深厚的感情。

"嗯,高兴。"我这样说着,却更难受了。

泽西也在安慰我,叫我不要太伤心,可是我害了紫纯。我想,叫我怎能安心?

灵煦看了看我,像看穿了我的心思:"你不要愧疚,朋友本来就该患难与共，我相信她一定也不会后悔。如果你真觉得过意不去，那就打起精神来，让自己更优秀，这样才不会辜负紫纯，证明紫纯的选择是正确的。"

听灵煦这么说，我的心里好受些，看着灵煦，竟然有了一份温暖，他明白我心中所想也不是第一次了，慢慢地，我喜欢这种有人懂我心思的感觉。虽然我刚来这儿时，觉得他是个万恶不赦的坏人，但渐渐我发现，他并不完全像我看到的那样。

一路上，灵煦成了逗我们开心的开心果，他故意和我们开玩笑，让我看到了一个截然不同的灵煦。他为我而改变，这让我更是心酸。

路途遥远，对于我，更是个漫长的过程。

来时路上盛开的花儿，现在已经谢了，残留几片枯萎的花瓣，孤零零地独立枝头，全然不见曾经姹紫嫣红的娇媚。

终于，我们和百灵一起走进了墨城。在城门，所有的士兵、百姓都毕恭毕敬，回家的感觉就是不一样，只是凯旋的我，却感觉不到一丝的高兴，平静地坐在车上，偶尔会拉开窗帘挥挥手。

不知紫纯会不会喜欢我现在的样子，我想应该不会吧，古板得像个老学究，不过有机会的话，我会语重心长地告诉她，这就叫端庄，叫典雅，这才是身为公爵该有的样子，然后再好好训斥她一番。我知道，她是不会恼怒的，只会嘻嘻哈哈地看着我，可是……再没有机会了！这样想着，泪又不觉从两腮滑落。

不管怎样，好久不见，我的墨城！

才别几日，却像阔别数年，墨城的每处地方都是那般熟悉，那般亲切，然而不知是不是刚从幻境海口回来的缘故，隐隐约约，我感觉到，墨城好像被一股巨大的力量团团包围着，比在幻境海口包围着我的镜子还要紧密。

按照礼节，我们首先到达了帝王的宫殿，帝王和达官贵族早就在那儿等着我们，今天恰巧是计划中的最后一天。

我们带着百灵，郑重地把三朵罂粟花奉献给帝王，帝王露出满意的笑容："我就知道瑾·墨肯定能做到，瑾·墨你抬起头来。"听到帝王的吩咐，我照做。

"你变了很多，真是不虚此行，这次的经历让你成长了很多，也让你收获了很多。"说着，帝王看了眼百灵，"祝贺你拥有了自己的神兽，这并不是人人都有的缘分，当然，你该得到的还应不止这些。"

接下来帝王又说："瑾·墨，让你们取回三朵罂粟花，不仅是为了考量你的实力，更是为了墨舞国的安危。这三朵罂粟花具有极大的神奇能量，它们合起来足以影响到整个国家。为防止罂粟花为人所用，先王将这几朵罂粟花分放三地保存，可当今国家形势严峻，且各地君主逐渐想把罂粟花据为己有，所以借晋爵考核之由，派你们将罂粟花收回，以绝后患。"

帝王说着转向大殿内的达官贵族："几年来，有一种力量包围着墨舞国，随时可能让国家陷入危险，而且最近这股力量在日渐强大。瑾·墨，从小就有超乎常人的天赋和高贵的血统，前些年占卜就已得知，她是能够拯救墨舞国的唯一人选！这次闯关更是磨炼了瑾·墨，让她足够强大，整个墨舞国寄希望于瑾·墨，希望瑾·墨不负众望，保护墨舞国渡过这次重大危机！"帝王说着转向我，竟向我鞠躬行了个礼，我马上愣住了，连忙扶住她，结果一看身旁，大殿内所有的人都纷纷跟随行重礼，我这下可真是不知所措了，荣幸之余，倍感压力。

救国这件事，记得刚到墨舞国时帝王就跟我说过，只是当时以为这是梦境，不以为然。现在帝王又把这事重提，而且这么郑重其事，我知道这件事非同小可。

我能救墨舞国？我能做到吗？这让我感到不可思议。

帝王向我走近一步："现在就将这三朵罂粟花交给你来保管吧，希望你能好好利用它们为拯救墨舞国效力。"说着把罂粟花亲自交给了我。

帝王正式宣布我成为公爵，把徽章赠予我，还分别给了灵煦和泽西嘉奖，末了帝王说："此次闯关考验，还有一位，紫纯，她是位勇敢的姑娘，不幸在此次行动中奉献了自己生命，我们也同样授予她荣誉，以告慰其在天之灵。"

一想到紫纯，我的心又被扯得生疼，以至于帝王让我对大家讲几句话时，我都没有听到，泽西在旁焦急地扯我，才让我回过神来。回来之前，泽西告诉我要讲话的事，也替我有所准备，可此刻，我的心里充斥的只有紫纯。

在大家的注目之下，过了许久，我才拿着徽章缓缓开口："这份荣誉，并不该归于我。"

灵煦和泽西马上看向我，一脸的焦急。他们知道，我又想起了她，紫纯。他们怕我再也忍不住，怕我这几天用沉默包裹在内心的所有感情，在这一刻喷涌而出。

我听到灵煦的心里着急地对我说："说好的，你要振作起来！"我终于听到他的内心了啊，可惜现在我在意的并非这个。

看着大家诧异的目光,我深深地吐了一口气,说:"我的荣耀,全部是朋友们给予的,他们才是真正应该受到赞誉的。而我连最好的朋友也没能保护好……"我扬起了头,笑着,颤抖地说,"紫纯啊,你看到了吗?公爵的勋章,就在我手上……我们终于做到了,你高兴吗?你又该吵着要看这勋章了吧?你总是这样,没大没小,要记住啊,以后要有礼貌地叫我公爵大人……"我说着,泪已禁不住流了下来。

要是你在,就又该笑话我了吧,紫纯?

好可惜,我们还没有把新创的唐氏扇舞杀技展示给大家;好可惜,你没能亲眼见到我当上公爵时光芒万丈的样子;好可惜,我再也没有了你的陪伴……总有一天我会变强大,你会看着我、为我骄傲的,对吗?

我说着,想着,最终还是失声痛哭,抛下一切跑着来到了海边。夜很静,只有微微的海风吹着,海浪轻轻拍打岸边的礁石。

我无力地坐在沙滩上,这时,一颗璀璨的流星划过,我仿佛看到了紫纯!我赶忙站起身,仰望着流星划过那片遥远的天空。

远远地,我模糊地看到了紫纯,听到了她熟悉的声音:"瑾,答应我,好好活下去,把我忘记吧……"她的声音连同她的身影,一起消失在夜空里。我激动地寻找,大声喊叫她的名字,海上承载着我的呐喊。可是,连回声也没有。

"好好活下去,把我忘记吧……"这句话久久在我脑海中挥之不去,泪痕已经凝固在我的脸上,只是,我不知,不远处,有个身影一直陪伴着我。

次日清晨，醒来的自己回想着紫纯的那句话，学着去放下，心里竟有了一份难得的轻松。对于昨晚的陈述，我没有一丝的后悔，因为我觉得，一次真情的宣泄比那些冠冕堂皇的话，更真切，也更让我心安。

看着自己熟悉的地方，心里有一份难得的踏实，不用再夜不能寐担心有人偷袭，不用再时刻惦记着未完成的任务。

我站在梳妆镜前，顿然发觉自己翻天覆地的变化：从前的假小子，完全变为了拥有卷卷长发的舞者，还有那已经深得发紫的瞳孔，我有些诧异，也有些惊喜，还有些空荡荡的感觉。若是紫纯在该多好，可一想起紫纯，我就感到一份难言的痛。

正对着镜子伤心，灵煦走了进来，问我有什么需要帮忙，我谢绝了。自打紫纯不在后，他就像变了个人，处处让着我、照顾我，说实话，要是没有他，恐怕我现在会更糟。他看到我现在这副落魄模样，终忍不住："又在想紫纯？"

我不置可否。

"紫纯所做的这一切都是为你好，相信她不想看到你现在的这副模样。瑾·墨，打起精神来，你要知道你不仅有紫纯，还有我们，我们希望看到一个内心强大的瑾·墨。"

是啊，我身边还有灵煦、欧、璘轩之、泽西、韶……好多好多，他们都无时无刻不陪伴在我左右，给予我最大的帮助，我怎能让他们失望？

没错，我要做得更好。

我突然对灵煦一笑，说："我不会让你们失望，你等我一会儿。"我走到衣帽间，选出干净漂亮的长裙换上，又到梳妆镜前，把自己的头发盘起。我看着镜子里的自己，觉得真是从未有过的温婉大方。

我笑着站在灵煦面前，灵煦一下子呆了，嘴角露出了罕见的笑容："真美。"这是我第一次听到灵煦对我切切实实的赞美，让我有点不敢相信自己的耳朵。

"正如帝王所说，这次的经历对你改变太多。"灵煦继续说。

"是的，何止是改变，对我而言，简直就是一场生死的洗礼，让我脱胎换骨。"我笑道。

"还好，一切都过去了。"灵煦说。

七天的考核和失去好友的痛苦，让我身心疲惫。休整了两天后，才想起还一直没有见到韶、欧和我师傅呢。

我应先去拜见师傅——璘轩之。

用"幻移术"进入蝶韵城，眨眼工夫就到了。多少年过去了，我再也不用像第一次一样，在泽西的陪伴下，驾着马车小心翼翼地来到这儿。

如今，我进入蝶韵城，已不会感觉心慌。可不知为何，我感觉到蝶韵城发生了很大变化，蝶韵城里冷清了许多，可那怪异压抑的气氛却更加让我透不过气来，便匆匆赶到璘轩之的住所。

竟然没人，仔细一看，东西摆放得整整齐齐，只是表面已经覆了一层灰尘。

是搬走了吗？可为什么不把东西一起带走？大概是暂时出门了吧，可是……从不远足的他会去哪儿呢？

这时我才发现，偶尔遇见的，不是生命将尽的老人，就是残弱的伤员，他们连一点攻击我的能力也没有。其他人都到哪儿去了？

我带着疑惑，遗憾地返回自己的寝宫。

正要进屋，突然听到身后有个熟悉的声音响起："瑾·墨，恭喜你顺利晋升为公爵！"

我立马转身："欧！你怎么才来啊？我正想联系你和韶呢。"我兴奋地拍了拍他。

"知道你刚回来太累，想让你先休息两天啊。你真了不起，能够按时完成考核，以后实在不敢小瞧你了，瑾·墨公爵。"

"感谢你的帮助，要不是你送的指环，说不定现在你就看不到我了。"我见了他感觉像见到亲弟弟一样亲切。

"能帮到你就好。"欧笑着说。

我一时哑然，心里却说不出的感动。

"瑾·墨，我总感觉你与以前不一样了，哪里不一样，却又说不出来。"欧看着我说。

我笑笑："也许是件好事，不是吗？"

欧刚进屋不久，泽西突然敲门进来。

"有什么事吗，泽西？"我问。

泽西看了一眼欧，犹犹豫豫地说："大人，我来是想请——请您恩准……"

我说："什么事？尽管说好了。"

"是这样的……父母年迈，家中有些私事要处理，我想……"泽西最终还是把这些话说了出来。

我一听，便动了恻隐之心，不假思索地说："那好，你休息些时日，处理完家中事，尽快赶回。"

"谢大人恩准。"泽西行礼致谢，犹豫了片刻又道，"只是这段时间，还望大人一定要照顾好自己。"

"我会的，你放心好了。"

看着泽西转身离开，我心里竟有种说不出的感觉，刚刚一同经历了这么多，虽说只是短暂分开，心中还是有些不舍。

欧在旁说道："瑾，你对手下还真是宽厚仁慈。"

正说着，韶突然发来急讯，说是带来一人，在殿外要见我。

我和欧匆忙赶去。

见到韶后，我急切地问："这么着急地找我，带了什么重要人？"

韶笑笑，向后面一指："别急，在那。"我看过去，看到一个女子的背影，看着那身段与体形……我心中不禁为之一振，莫非……是紫纯？

这样想着，我的眼中已经现出点点泪花，当我就要叫出"紫纯"的时候！她回过了头——

不是紫纯！

我一下子呆了，也清醒了过来，人死不能复生。她走了，这辈子再也不会回来了。

可是……眼前的这个女人，又是谁呢？

只见她眉目清秀，气质非凡，举止大方，俨然一副大家闺秀的模样。意想不到的是，她一看见我，就变得眼泪汪汪，我还没明白是怎么回事，就见她向我扑来，一把抱住我，大哭起来。我木讷地站在原地，不知道该如何应对她这突如其来的拥抱。我看向韶，希望他能给我一个答案。

韶看着一脸茫然的我，问："瑾，你就没有一点印象吗？这就是樊·墨啊！"

樊……樊·墨？我的姐姐……我不断在脑海里翻找关于她的记忆。没错，刚来这儿时，帝王跟我讲起过。一记起这些，我不禁吓得后退了几步："可是……你，你不是掉下悬崖了吗？"

"我当年的确是从悬崖摔下，伤得很重，昏迷不醒。当时正巧有邻国使者的队伍经过，就将我一起带到了邻国。苏醒后的我慢慢康复，却失去了记忆，直到有一天韶去到那个国家，与我意外相遇，才唤起了我的记忆，我才得以与你相见。"说罢，樊·墨感激地看向韶。

"也许这就是缘分，当初你帮我找到了弟弟，现在我又帮你找到了姐姐，也算是还了你一个人情。"韶说。

"谢谢你，韶。"我倍加感激。

欧在一旁看着我们，也开心地笑了，说："真好，有了樊，瑾身边就有人能照顾她了。就瑾的性格来说，还真是需要个姐姐。"

我急忙认同说是，樊在一旁开心地笑了。我看她的眼睛，也是不浅的颜色，我想，即便她身处异地，也一定没有放弃舞技。

与姐姐的重逢，让我百感交集，没想到，姐姐竟然还活着，而且突然出现在我的面前，只是让我措手不及，没有一点心理准备。

既然她是我的姐姐，那我就必须把她当作亲人。不管如何，多个亲人总归是件好事，有些事情就得慢慢去适应，我默默地告诉自己。

告别韶、欧，我把姐姐带回了我住的地方，姐姐和我聊了很多，告诉了我许多家中的事儿，让我对那个家的印象慢慢清晰起来，也让我感受到了家庭的温暖。想想，突然间我竟有了一个姐姐，而姐姐是那样的文雅大方，惹人喜爱，两人有说不完的话，这感觉真是从未有过的好。

晚上，我和姐姐睡在一张床上，姐姐给我讲了很多她在邻国的故事，而我也给她讲了我的故事，包括唐糖，姐姐听后难以置信……

夜渐渐深了，窗外的月亮显得更加皎洁。姐姐已睡熟，脸上露着微笑，发出轻微的鼾声，我便在这鼾声中睡了过去。

……又是火光、血光，我又被带入了这个四处弥漫着红色的残忍世界。两军还是不断厮杀，这次，在我不注意间，一个人用舞技朝我直冲过来。我被吓得醒了过来，惊恐地叫了一声，坐起身。

姐姐被我的叫声惊醒，担心地问："你没事吧？是不是做噩梦了？"

"没事。睡吧！"我安慰姐姐，身边有个姐姐，真好！

只是闭上眼睛，我又沉浸在梦中，这两天好奇怪，总是做类似的梦，又比昨天更清晰。然而……那个直冲我而来的人是谁呢，模模糊糊的，却又感到熟悉，我奋力想要想起他的容貌，却又记不清。

玖 / 赤胆忠心

他的眼神变得十分坚定:"等战争一结束,我们就一起离开这儿吧,去你原来所在的世界。"我看到他的眼睛里闪着光芒。

一大早，我就被帝王召了去，帝王这么着急地找我，有什么事呢？困惑的我走进大殿，便看到面色凝重的帝王。

"帝王，您找我有什么吩咐？"行过礼后，我恭敬地立在一边。

"瑾，你有没有感觉出咱们墨舞国的气氛有些怪异？"帝王问。

"不瞒帝王，确实如此。"我直言不讳。

帝王点点头："急于找你来，是得到确切消息，国难即将来临。"

我一听忙问："究竟怎么回事？"

"巫族占卜得知，二十日后，五星连珠，必有大乱。"听罢，我吃惊不小，这个一向安宁得像世外桃源般的墨舞国，将会被战争的硝烟填充。

"都是因为那股不知来源的力量？"

"是，那股力量越来越强大，可令人着急的是，我们根本不知是何人在积蓄和控制这股力量，这才是我们真正的危险所在。"

"面对强敌，我们只有做好充分准备，以不变应万变。"

"是的,你跟我来。"帝王说着,领我去了军营。

来到军营,一支训练有素的军队赫然出现在我的面前。将士个个精神抖擞,顶着火辣辣的太阳学习克敌之术,喊杀声震天,汗流浃背浑然不觉。原来帝王早已有所准备。

"为了壮大队伍,我们把所有的壮士都集结在一起,以防来犯。"帝王边看边说。

"帝王真是英明。"我由衷地说道。

"这些军队,除了我有掌控权外,唯一有调度权的人就是你。"帝王看着那浩浩荡荡人马说。

"什么?我?"我大吃一惊,有些不相信自己的耳朵。

"是你,我相信宿命,占卜说你是唯一能救墨舞国的人,我深信不疑,也在为了这一天做准备。"

我呆呆地站在原地,看着那望不到边的人海,就因为帝王一句话,他们便全成了我的部下?我的心跳得飞快,感觉一座大山真实地压在了我的身上。

"时间紧迫,接下来,这些军队就由你带领,墨舞国就靠你了。"帝王看着我,满眼里都是信任和期望。

"我……可我……"我不知说什么好。

帝王拍了拍我的肩膀,说:"你可以的。"接着,转身离去。

看着帝王的背影,我喃喃自语:"我,真的可以吗?"

回到住处,我犹豫一番,还是没有把在军营的事告诉姐姐。一夜的辗转反侧后,我决定,从明天起用心训练军队,既然帝王信得过我,那我就不能辜负她。

之后的几天,我对军队挨个进行了查看,连夜分析出他们的实力强弱，以及每个部分适合的任务。接着参考舞技的兵法和史书，在原有的基础上补充训练方法和作战术。白天一刻都不得闲，却还是日日挑灯夜战。

等我把各个军队的情况参透，便马上找到灵煦，告诉了他帝王对我的授命。灵煦听后目瞪口呆，好一会儿，他说："她把墨舞国的希望都寄托在了你的身上。"

"是的。既然帝王这么信任我，我定要不辱使命。"我说着低下头，像是对灵煦说，又像是在发誓。

"说吧，找我做什么。"灵煦一脸严肃地说。

"我需要你的加入，与我并肩作战。"我看着灵煦，恳切地说道。

灵煦点点头："好，保护墨舞国是我们应负的责任。"看着灵煦这样痛快地答应，我的心里感觉踏实了许多。就这样，他成了我队伍中的一个将领。

正要走，我又想起一件事，转身对他说："哦，对了，忘了告诉你，我……我姐姐回来了，现在住在我的宫殿。"

"你是说樊·墨？她不是……"灵煦听到后露出惊诧的表情。

"她没死，被邻国使者救了，这么多年一直在邻国生活。"

"这个时候，又这么突然地出现，你还敢留她在身边，真是'草率'不减当年啊！"灵煦又露出那惯有的讽刺，我知道，他这也是对我变相的警告。

"韶帮我验证过，的确是我亲姐姐。血浓于水，你总不能不信吧？"

灵煦一脸怀疑的表情:"人总是会变的,她在外生活了那么久,还是小心为妙。"

"谢谢你的提醒,我会留心的!"对陌生人质疑是灵煦一贯的风格,记得我刚来墨舞国时,他也是这个态度,当时没跟他打起来,真是万幸。

从灵煦那儿出来后,我并没有着急用舞技回到我的宫殿,而是移着缓慢的步子,边走边思考,究竟谁还适合做将领,那么庞大的一支队伍,需要更多的能兵强将。

"瑾?好巧啊。"一听这轻快的脚步声和熟悉而明朗的嗓音,就知是他。

"噢,欧。"正思考着问题的我抬起头,心不在焉地回应,"你要干什么去呢?"

欧开心地说:"巫族让哥哥统领一支军队,这可是巫族难得的荣誉啊,今天是哥哥训练军队第一天,我去凑个热闹。"

一听有军队,我便来了精神,有个主意在脑中一闪:动员韶协同作战,这样岂不是为我们增加了一份胜算。有了这个想法,便想一同前去观看。"那个……反正我现在也没什么事儿,方便带我一起去吗?"我问。

"可是……巫族军营不让外人进入!这恐怕……"欧说着挠了挠头。

"我还算是外人啊,你和韶说说,通融一下嘛!"我说。

"那好吧。"欧终于答应。

"你们巫族的军队……是什么样子啊?"虽说学习巫术已经很多年了,不过这安宁到连自己国家的军队都没见过几次的生活，怎么会让我知道巫族——这胜似游牧民族的军队呢？

欧看了我一眼，自豪地说："当然就是使用巫术的军队了。我们的军队善于布阵，布好阵，就等于给敌人套了个圈，一旦进去，那就别想逃走。"

"嗯。"我点头，一个神秘的族群肯定有自己的独特之处。

韶看到我随欧进来，一脸的严肃："军队重地怎可允许外族人进入？"

"哥，瑾不是外人，她也会巫术呢，就让她进去看看吧。"欧忙帮我说情。

我一看急忙随声附和："就是呢，我也算是半个巫族人了，不用那么见外吧？"

韶看到我俩一唱一和，犹豫了片刻，便不再坚持："那，进来吧。"

听了这话，欧向我做了个鬼脸，带我跟随韶进了巫族的军营。

进了军营，我不禁一震，这巫族的队伍果然不同凡响，正在布着奇妙的阵法。只见韶挥舞着旗子，阵营中一会儿烟雾弥漫，什么也看不清，只能听到响彻天空的阵阵杀声，一会儿又像在虚幻中消失得无影无踪，让人摸不着头脑……军队的瞬间变化，看得我唏嘘不已，惊叹不已，若有这支军队助力，那绝对是如虎添翼，看着这只神奇而充满力量的队伍，我暗自盘算。

"哥，你真是太厉害了！"欧看得目瞪口呆，啧啧称赞。

"没想到，你训练军队还真有一套！"我由衷地赞叹。

韶笑笑，一副自豪的表情。

"咱们都看到了,走吧!"欧招呼我。

"等等。"我说。

欧一脸茫然:"你还有事?"

"我……是有……"我说罢低下了头,心里纠结,是否该将自己的使命和盘托出。

"什么事?你倒是快说啊!"欧催促道。

韶则一脸的淡定,静静等待,见我迟迟不肯再开口,突然说道:"你是想让我协助你一同抗敌吧?"

我一听愣了,马上意识到,我的心思已被韶读出,便不再遮掩,点点头:"墨舞国将遭遇前所未有的劫难,帝王委重任于我,我只想不负众望,与大家一起逃过此劫,保护这个和平安乐的国家,希望能够借你一臂之力。"

"我明白,只是动用巫族军队,还得经过族长准许。"韶说。

"哥,你就帮帮瑾,维护和平也是我们巫族的责任。"欧着急地说道。

"我会尽力说服族长。"韶点点头。他们的话,让我看到了希望。

我告别韶回到住处。

"妹妹回来啦,快换下衣服来吃饭吧,今天我亲自下厨,让你尝尝姐姐的手艺!"我刚进屋,姐姐就满脸笑容地迎了出来,说实话,姐姐的到来,就像一阵暖风,让我感受到了久违的家的感觉。

对于姐姐,我一直有一种难得的亲近感,甚至让她和我同住一房,不知这算不算得上危险?是否缺失了灵煦一直教我的警惕心?

接下来的一个夜晚,无论我怎样给自己减压,无论姐姐怎样安慰,那场梦还是不约而至,并且更加清晰。这一次,梦的最后是我躺在血泊中痛哭……那是我的血吗?大片大片的红色和触目惊心的情景,让我再一次从梦中翻身而醒。姐姐随即起来,递给我已经准备好的水:"妹妹,为何最近总是噩梦不断?有什么事吗?"

我喝完水后,问姐姐:"姐,你说,如果……我是说如果,连续几天,都梦到相似的梦,是什么意思呢?"

"你连续几天做的噩梦都一样?"姐姐拿过我手中的杯子问。

我都说了是"如果"了,可姐姐还是这样敏感,我虽不想让别人知道这恐怖的梦,却还是讲给了姐姐听。姐姐听罢,表情严肃,说:"虽然并不精通解梦,可我也曾有所耳闻。你多次梦到相同的事……休怪姐姐说话难听,不过,我总觉得这是在暗示什么。大概……不是什么好的征兆。你得当心才是。"

"你说……这是不祥的征兆?"我皱了皱眉头,想要再回忆一下那可怕的梦,却一阵头疼,越想就越记不起来,这让刚刚接管大军的我,更加惶恐不安,一连喝了几杯水,还是稳不下心。

"姐,很快,墨舞国就会面临巨大的危险。帝王把救国重任交于我,事关重大……"我犹豫了一番,还是把话告诉了姐姐,顿时感觉轻松不少。

姐姐听后像灵煦一样镇定,这样的气质,是由内而外散发出来的，问："难道五星连珠即将到来？"

我一惊："你怎知？"

"在你小时，就有巫师预言过。"

"姐，你说我们会逃过此劫吗？"

"会的，这关系到墨舞国的未来，你必须要有足够的信心。"姐姐眼神坚定地说。

"我懂，只是不知为何总做这样的梦，让我心里没底。"面对真诚的姐姐，我已毫无保留，说出自己的担心。

"妹妹，如果你信得过姐姐，姐姐愿助你一臂之力。"姐姐看着我，一字一句地说。

我看了看姐姐那深紫色的眼睛，脑中飞快地转动，该不该答应姐姐？该不该相信她？现在国家正是用人之际，如果万一错怪了姐姐，岂不是错过一个得力助手？

见我迟迟不说话，姐姐像知晓我的心事一般，说："我知道，军队有严格的纪律，不是随便就能加入的，何况我多年在外……我不想让你为难，当我没说。"

听姐姐说得这般直白，倒让我心里过意不去，于是不再犹豫，应了下来，只是心里还是有所防备，给了姐姐一支最弱小的军队。如果姐姐真心帮我，帮墨舞国，那就让她尽一份力，如果姐姐心怀叵测，也不足以让她兴风作浪。

"妹妹，你放心，我一定把这支队伍训练好，让你见识到它的不同。"

我笑笑不语，心想，这樊·墨，果然不是省油的灯。回到床上，我翻来覆去睡不着，心想，这事要让灵煦知道了，还不得骂死我。虽说灵煦不是我上司,而且从现在的状况来讲,他成了我的手下。但是,对他的畏惧与依赖,就像在我心里扎根了似的。

临睡前,回顾这几天的生活,很充实也很紧张。说不定这样的生活,二十天后就会有个彻头彻尾的改变。可是中途又来了个姐姐,能够体贴照顾我的生活,甚至比泽西还要细心。

泽西?

他离开这儿有几天了,现在应该与家人在一起吧?可他还不知五星连珠的事,只盼着他能尽快回来,替我分担这繁杂的事务。

这战前的气氛一天比一天凝重,我做着战前准备,而姐姐也忙着训练军队,却一直不让我前去观看,这让我心里愈加不安,不知自己做得是对还是错。这还不算,训练到最后,姐姐竟私自让她的士兵回了家,事前我却未得到半点消息。知晓此事后,我难以抑制心中的火气,找到了樊·墨。而樊却不以为然,说:"给我三天,我会让你眼前一亮。"

我极不情愿地同意了。她先斩后奏,让我还未开战就损失了军威。本来就被众多事务压得喘不过气来的我,气得牙根痒痒。可事已至此,我能怎么办?又不敢声张,怕传出去成了笑话,只好耐下性子等待。

可是后来的情形,却彻头彻尾地让我改变了对姐姐的看法。

三天后,我迫不及待地赶往她的军营。一走出屋,发现这天闷热得厉害,那不停歇的蝉声,更是让我觉得空气就要在头顶炸开。

来到营地,熙熙攘攘的士兵正在休息,却个个精神得很。

"军队中士兵不但一个没少,还多了一两千。现在,你跟我去指挥塔,以便观看。"说着,我就被她带上了塔。

我站到塔上,樊一挥旗子,刚才看似散乱的军队立马齐刷刷排好。紧接着,在樊的旗子的指挥下,整个军队迅速变换着队形,使出不同的杀敌招式,招招威猛,充满着力量,那种神速,绝对不亚于任何一支顶尖队伍。

我在塔上看着这一切,不禁感叹樊还真有两下子。

樊问:"怎么样?"

我心里又是愧疚,又是感激,百感交集,但最终只是点了点头。樊开心地笑了。

这时,欧恰巧来找我,看到军营的这气势,问:"这是你培养的精英部队?"

我犹豫了一会儿说:"是姐姐训练的。"然后用心语告诉他,本来是最弱小的军队,却被姐姐训练成了这番模样。

欧听后难以相信:"没想到樊·墨会有如此能耐。"

我突然想起一件事,着急地问:"对了,韶奏请族长的事怎么样了?"

"我来正是要告诉你这件事,我哥已经说服族长,关键时刻会出兵相助。"欧说。

"太好了,有韶的相助,我们必会战胜邪恶。"我一下子充满了信心,感激地说,却发现欧欲言又止。

"嗯……帮我这么大忙,我总感觉你有什么阴谋啊……"我眯起眼睛来，问。

欧这时不好意思起来，露出腼腆的笑容："其实也没什么，若非说要有，那么我想……"

"什么？"我看着他的眼睛，开朗的他，眼睛何时也变得深邃而望不到尽头。余晖下，逆光里的他被镶了一层金光，微风吹乱的发梢像欧一样不羁。

他的眼神变得十分坚定："带我去原本你在的世界吧！"

我愕然。

"等战争一结束，我们一起离开这儿吧，去你原本所在的世界。我已经不在乎巫族的地位，我好羡慕你那儿的生活，一直都是。"欧接着激动地说。我看到他的眼睛里闪着光芒。

果然，还是跟几年前一模一样的想法。我想反驳他，告诉他那里乌烟瘴气，充满地位与名利的纷争，充满快节奏生活的无尽压力，充满冰冷与不公，充满真真假假、是是非非……

可是我没有说出口。

不如留一份向往给他，使之珍藏心底最纯净的部分。不经意间，视线模糊了。我说，是沙吹进了眼睛，我说好，一定带你去。

欧开心地笑起来，说："那以后我就可到凡间生活了。"我笑了笑，没有说话。

姐姐的训练有方，让她手下那支原本最弱的军队成了主力，这一下，让大家刮目相看，同时也给其他部队敲了个警钟。

身为将军的灵煦，自然也很快听说了这件事，免不了对我一顿斥责，然后又回去"立志"重整军队。好胜的他，怎么会甘愿落在别人后面？

　　总之，樊做的这件事可算惊动了墨舞国的整个军事界，不久就在上层传开了。姐姐一夜间成了传奇人物，连帝王也想见见她。当别人问她到底用的什么方法时，她只是笑着摆摆手，只字不提。大家玩笑似的说她太小气，她也不往心里去。

　　晚上，我还是反复做着同一个梦，面对越发真实的梦，我总是出一身冷汗。这梦已经几乎真实到可以让我触碰到它了。我尝试问过欧和韶，他们也说这是某种征兆。然而血光连天的梦又能吉利到哪儿去？我问能否不再让我做这样的梦，他们纷纷摇头，说：你又不是不清楚巫术，制作梦境还差不多，让人不做梦……还真没有好办法。

　　梦境对我来说一向都是十分恐惧的词语。我总是在梦境中失去很多，或者即将失去。我怕它，它却不曾因为我的恐惧而停休。

　　然而这一天，终究是来了。天格外的阴沉，四下像笼了一层厚厚的黑纱，太阳的光辉一点一点地被吞噬。

　　我、帝王、灵煦、韶、欧和樊，站在墨城中心的天台已经观望了好久，静静地看着天象的变化。墨舞国各地的军队已经布好阵势，各司其职，可谓天衣无缝，整装待发，等着最后的指令。

　　我们眼睁睁看着五颗行星运转到恰好的位置，知道无法阻挡这一切的发生。我们只能选择面对！

大家的心紧紧提着，每个人紧皱眉头，不肯多说一句。周围除了风声已无其他声音，可就这样，我们剑拔弩张地等待了许久，却丝毫不见一点异常，就连风声也未见强劲，反倒有些减弱了。

"这预言准确吗？"灵煦终是憋不住，提出自己的疑问。没想到，身为巫族人的欧也附和道："奇怪，不应该这样啊！"

樊提议道："是否先让士兵休整养精蓄锐？"

帝王点点头："先按兵不动，不可懈怠，随时准备出战！"

和自己梦里的景象差得太远。

就这样几天过去了，仍然不见一点动静，这让大家有些沉不住气，越发怀疑消息的准确性。韶提醒大家，越是如此越应提高警惕，这么多年的占卜不会错，这很可能是对方一计策，让大家不要放松警惕。听韶如此说，我不敢大意，下令让整个军队严阵以待。

说来突然就来了，那天，我正在各个营区巡视，探子突然来报发现敌军，黑压压的天空下，黑压压的人马席卷而来，各位将领按照事先布置奋起迎敌。

紧接着，军报传来墨舞国周边城市沦陷的噩耗。这突如其来的进攻，显然是用心等待了一个绝妙时机。我坐在宫殿里，似乎能够听到外面撕裂天空的喊叫声和战士们轰然倒地时发出的沉闷声。

两军交战，很快，我们弄清了敌方的来历，找到了敌人的巢穴。所发现的地方，既在意料之中，又令人惶恐。记得一开始是这样描述它的——那是离山底下一个炼狱般的地方，但它又有个美丽的名字。没错,正是蝶韵城!

那个可怕的国中之国,那个神秘到没人知道它究竟有多大的地方,里面隐藏了多少兵力。它占据了绝对的地理形势——不仅易守难攻,而且离墨城很近。然而他们没有选择直逼墨城,而是各个击破,可以看出指挥者的英明善战,这令人心存疑虑。

我和帝王分别留下两支队伍守住墨城,然后把其余的队伍分配到各处。我在墨城内,听着一个又一个城市被攻陷的消息,心急如焚。

身边的人劝我耐下性子,在墨城掌控大局。但当敌军进攻时间谷时,我再也没办法使自己平静。再怎么说,我对那里也有感情,更重要的是,那里地形奇险,一旦被攻下,就很难再夺回。

"别去,你就在墨城等着,我领兵过去。"灵煦阻止我说。

"不,我自己带兵去。"我的直觉一向比较准确,而这一次,我又相信了自己的直觉。

灵煦的劝说我不予理会,这么久以来,我首次没有听取灵煦的劝告,哪怕是最后灵煦的厉声斥责。

我没法预测未来的路,所以也不可能预先知道,这是个错误的决定。

我带着一万精兵夜以继日地赶赴时间谷,欧也执意要随我来,就带了几千巫族军队一同赶来。此时,时间谷内双方军队的战斗正是你死我活的关键时刻,我庆幸未听灵煦劝告,没将时间谷置于危险之中。

交战时,我才发现,时间谷里的敌军没我想象得那么多,这反而让我感觉不妙，似乎是中了圈套，调虎离山之计！然而更让我震惊的是，不是敌军数量，而是带领敌军的头目。

我在沙场上，用颤抖的声音，撕心裂肺般叫出了那个熟悉的名字："泽西！"

没错，那个戴着盔甲，在军队前方的人，正是泽西！我心中顿时像被抽空了一般。那个昔日与我情同手足的人，现正在战场的另一侧，与我为敌。我甚至都不知道自己做错了什么，泽西为何要这样对待我，对待墨舞国。

"我已不是泽西，而是七乌界的都护将军。"站在面前的泽西只是换了身装束，却像连心也换了。

被背叛的痛苦在我心中瞬间放大，让我一下子喘不过气来。"你的背叛从什么时候开始？"我和他之间的距离，绝不仅仅是战场的两端这么远。

"什么时候开始？我心底的怒火就从未消失过。凭什么一个初来乍到的小卒成了大家瞩目的中心，学了三年舞技就当上了公爵，而我努力了多年，却也只是你身边的佣人。背叛？"泽西说着哈哈大笑起来，然后冷冷地盯着我，"我不是傻子，谁给我更多的好处，我便臣服于谁。"他说得咬牙切齿，我甚至可以看到他眼中的冰山正在被嫉妒之火一点点吞噬融化。

眼前的泽西，让我无法接受，我不敢相信这就是曾经的泽西："你知道吗？我一直把你当朋友。"

"朋友？那不是朋友，而是一个毕恭毕敬的奴才，你能明白我心中的感受吗？"面前的泽西带着挑衅的语气说，"你知道吗？你现在就像一个被蒙在鼓里的傻子，明明什么都不知道，还在我面前逞强。所以，为感谢你的后知后觉，我愿意把所有真相告诉你，就现在。"

"混蛋！"我讨厌极了他现在的嘴脸，让我有种想要冲上去给他两巴掌的冲动。他还是我认识的泽西吗？内心的嫉妒已经深深蒙蔽了他的双眼。

都护将军把这一切看在眼里，冷嘲热讽地说："别那么激动，放松下来，你会发现你所经历的故事的另一面，是多么精彩。咱们……先从哪儿说起呢？那么，就来说说阿成的客栈吧。"眼前的都护将军并不是在等我的答案，而是在为自己认为一定精彩的话，制造一个完美的开始。

"想必你也一定觉得这一路上，泽西是个拖后腿的货吧，这就对了，我原本的目的，就是想阻止你当上公爵。不瞒瑾·墨大人说，那地图确实是我拿走的，谁料想无影岛主恰巧派来了个替我背黑锅的，我便故意将阿成杀死，把罪名顺势盖到他的头上。但谁知你想出了什么'月下三寸影'，把地图找了出来。"泽西笑着说，不时无奈似的摇摇头。

"难怪我占卜到奇怪的迹象，所以在'月下三寸影'时想要告诉你注意身边的危险，可惜没能说完。"欧在旁对我说。

我极力回想那天的事，脑子里一团糟。

他似乎很满意我现在的状态，继续说："我想，你也应该猜到，那次山洞里暗杀的出现是我造成的了吧。"学习了暗杀，会在一定程度上被磨灭天性，这不就是泽西会流汗的原因吗？那时的他就已露出马脚，我却没有过多追究，后悔没能早些发现他的真面目。

"你说够了吗！"我愤怒地说着，握紧了手中的扇子，终于明白，昔日的泽西已离我远去。如今，我面对的只有敌人。现在想想那个梦境里，那个想要杀掉我的熟悉身影会不会就是泽西呢？难道那梦真的是个预兆？但我只得在心底祈望，不要让我的梦变为现实，万万不要！

我话音还未落，他便接上："当然不够。怎么，才这点事你就难以接受了？这可不像是公爵大人应有的气度。我在你身边低声下气了那么久，为的不就是今日在你面前扬眉吐气？"

"你还做过什么！"我警惕而厌恶地问他，分明地感觉到自己身体的颤抖，不是因为害怕，而是因为曾经最亲近人的背叛。

"后面还有更大的惊喜等着你。只是不知你还有没有机会听得到！"他说着，突然向我出手。

更大的"惊喜"会是什么？我这样想着慌忙应战，像泽西说的那样，我确实是个被蒙在鼓里的傻子。我从未过多地留意这些事，以致酿成最后的大祸。灵煦从我初来乍到时，就教我时刻警惕，然而现在呢？到墨舞国后，高高在上的感觉让我冲昏了头脑，过于信任周围的人。终于，最亲近的人背叛了我。

这样想着，泽西几次险些伤到我。见我分心，欧忙用心语提醒我排除杂念，专心应战，我便不再考虑其他，与泽西展开一场恶战。几番下来，我本有机会将其杀死，可就在舞技将出时，恰巧看到他的脸，那仍是旧日里熟悉的面孔，最后一刻，手一松，扇子滑落，险些被他反击。

我告诉自己不再手软，而当我与泽西频频交手，拼杀到白热化的时候，突然，暗杀的技法又出现了！泽西再次使用了暗杀！

以其人之道还治其人之身，我从袖口发出无数银针，以暗杀之技伤到泽西，敌方暂时收兵。没错，我在准备参加考核之前，跑到璘轩之那里，偷学了暗杀。当时心中实在无底气，不过，我已在心底发誓，不到万不得已，不使用暗杀。所以，在整个考核中，我都没有使用暗杀。

接下来的战斗持续了整整一个月。我们把敌军堵截在谷门外，接连的来犯被击退后，双方都开始倦怠，场面渐渐僵持，里面的出不去，外面的进不来，这不免让我焦急。冥冥中，我总觉得时间谷外情况不妙，怕这真的是敌军给我们设的圈套，这样的局面对我们没有半点好处，失去了与外面的联系，对外面的一切无从知晓，这让我焦虑不已。

"大人，外面有位男子求见。"手下传来消息。

"谁？"我变得格外警惕，生怕节外生枝。

"自称金凯骑士。"

我闻此又惊又喜，眼睛一亮，立马从座椅上站起："快快请来。"

迎面走来的男子仍是熟悉的模样，虽说眼角多了些交错的深纹，看起来却反倒年轻了几岁。我们来不及叙旧，他便开门见山地说想要助我一臂之力。我以为他辞官回家，就真的从此退隐，没想到他愿意在这种危难时刻再一次帮我渡过难关。

于是，他帮助我们找到了兵力薄弱的突破口，并用他多年在时间谷生活的经验，分析地形，告诉我军队应如何趁夜杀出重围。我听取了他的意见，军队果然保全。

回到墨城，灵煦用有些怨恨的目光看着我，告诉我，墨舞国损失严重，伤亡无数，军队人数已减少近半，而敌军还在全面攻击，各个军队都自顾不暇。

听了灵煦的话，这个不能弥补的失误让我深感愧疚，幸好，墨城的军队有灵煦替我掌管，才不至于太糟。

见我自责不已，灵煦只好安慰我："回来就好，现在大敌当前，一定要打起精神，全力应战。"我点点头，不允许自己再犯半点错误。

这说来也奇怪，战争已经持续了相当一段时间，可敌军的头领到底是谁，还未知。时间越久，我越发对这个神秘人物好奇。

这次，我听取了各位将军的建议，在墨城掌控大局，调配军队。在我们的调整下，终于打了几场胜仗，不仅把时间谷保住了，还夺回了许多周边的城市。我们作为胜利的一方，夺了他们的粮食、兵器和水军的船，极大地给我们的物资进行了补充。而韶按照许诺，不断及时地给予我们帮助，巫族军队的实力不可小觑，让敌人措手不及，帮我们打了很多胜仗。

但是胜利是暂时的，敌人很快找到了破解的方法，而且还采用水战进攻，这让巫族军队占不到一点便宜。

更糟还在后面——正当我们把西北和东北的敌人稳住时，南边的敌人又兴起了。原来七鸟界狡猾的老狐狸，战前做好了充足的准备，早就把军队潜伏在墨舞国周围。可怕的是，这次的队伍更加壮大。

我只好马上派军队增援,并向帝王申请,让帝王派部队前去援助。

这南面大战不足一个月,东北、西北的敌军又开始活跃起来。这才是真正噩梦的开始。

整个墨舞国上下陷入了全面的战争。我也像热锅上的蚂蚁,再也不能在墨城坐得安稳,守着地图上的形势分析图,来回踱步。我无法坐下,因为自己一旦坐下,便能更加清晰地感到自己身体的颤动。

灵煦已经请战去南边作战了,临走时我只用一句"保重"为他送行,希望他能胜利归来。

也不知这该死的七乌界是怎么回事,弄来大批军队,而且个个都不简单。时至今日我们仍无法估量他们的军队总数究竟有多大。我们的军队明显不占优势,久久僵持的战争更是让这种"不占优势"显现了出来。

北边的区域,还没稳定好,又被重新夺了去。而且敌军的行动同步到让人不知如何应对,这使我们的领域,越来越多的地方陷入混战之中。一段时间之后,灵煦回来了,是一瘸一拐地回来了。他打了一场稀有的胜仗,鼓舞了军心,让大家重新燃起了希望。

然而只有希望是无用的。因为从整体看来,我们的形势不利。

我们得认清事实,不久后,将会在墨城决一死战。

当我还在庆幸,我们的几员大将并没折损时,不幸的事又发生了——

就在决战前几天，墨城与蝶韵城的交界处发生了激战。这是一个十分重要的地区，一旦让敌人夺下，墨城就会变得危险。

情急之中，欧提出协助我们的军队，带兵作战。再三思考之后，我同意了。

他走了，就再也没有回到墨城。

我骑着百灵，带着援兵赶到时，欧已经气息奄奄。他躺在血泊中，告诉我："对不起，我不能跟你回到你的世界了。那个指环……有机会的话，戴着它，回到你的世界看看，这样我也没有遗憾了，一点都不可惜。"我连声答应，泪水滴到了他的脸上，他又说，"别哭，瑾，瞧我都没哭……我不在，照顾好自己，还有，替我照顾好哥哥，别让他伤心。能认识你，是我这辈子最幸运的事，真的……"他紧握着我的手没有了半点力气。

他闭上了眼睛，沾满血迹的脸依旧英俊，高挺的鼻梁，微风吹乱的头发，不曾因为他的沉睡而离开。

而今，我要离他远去，抹干了最后一把泪水。

出征！

该来的总会来的。这是暴风雨前的宁静，我知道。

现在双方处于暂时休战时期，一旦再拿起武器，便是关乎生死存亡的背水一战。我趁这个机会，把在时间谷经历的所有事，告诉了正在疗养腿伤的灵煦，包括那个都护将军的话一字不落地讲给他听。

对灵煦，我是没有秘密的，而且我怕如果现在不说，以后就没有机会了。

灵煦的反应在我意料之中，坐在床上，一动不动，像是一位饱经风霜的长者，一夜间看透了世态炎凉。过了会，灵煦问："既然接受过教训，为何还这么相信我，把所有一切都告诉我？"

"虽然我一直读不出你的内心，但我看得到你的眼睛，尽管你看起来尖酸刻薄，但你的眼睛告诉我，你值得我信任。"我说。

"你终于变得不一样了，变得与几年前那个莽莽撞撞的假小子不一样了。"他望着长发翩翩的我，说。

"这算是夸奖吗？"

"算是吧。"他挪动了一下伤腿，说，"人总会变的，不管自己喜欢与否。"

我没说话。

灵煦继续问："听说……欧，走了。"

"嗯，就在不久前。"

"很伤心吧？"

"是的，身边最好的朋友一个个离去，我却无法挽留。没人能懂我的感觉。经历了这么多，才知道，真正的心痛是没有眼泪的。"

"你看起来比以前坚强多了。"

"你说过的，人总会变的。"我看着他深邃得像大海般的眼睛，说，"他们都走了，我就只剩你了。"

他也看着我的眼睛，没有说话，第一次把我拥进怀里。

这是这么久以来，我所感受到的最强有力的安慰。我能感觉到他的温度。我把头深深埋在他的怀里，像个无助的孩子。

曾经誓死与我为敌的人，正在用他深藏的温柔为我加油。

"最后的决战了，接下来的战争，只能有一个赢家，成王败寇，要么赢得漂亮，要么输得精光，整个墨舞国，加上我们的性命，都是这场战争的赌注……到时候，你别离开我，好吗？"我试探着问他。我不想再有朋友离我而去。如果在我和朋友的生命之间做个选择，我会拼尽自己的生命去保护仅剩的朋友。而且，与灵煦在一起，我才会有足够的安全感。我知道，我这是感情用事，这种无理的请求，灵煦是不会答应的。

可是，他说"好"。

这几天，敌军仍然没有动静，我们不敢懈怠，等待着更残酷的战斗。灵煦的腿伤好得很快，渐渐已无大碍，这让我心里踏实了许多。

焦急等待间，卫兵突报七乌界信使来访。

究竟有什么事？我心里纳闷着，传信使进殿，接过信件一看，竟是都护将军的信件，说有一个人要见我，要给我所谓的"巨大惊喜"，见面地点是蝶韵城。

有人要见我，这让我意外，会是谁呢？我思考着，将信递给身旁的灵煦。灵煦看后问："你去吗？会不会很危险？"

我思考片刻："危险我也去，到现在我们都不知对方头领是谁，也许，去了就知道。"

灵煦点点头："我陪你去。"

"你还是留在军中吧，以防不测。"我说。

"正是要以防不测，我才陪着你去。"灵煦看着我，语气很坚决。

"好吧。"看着灵煦，我心中涌起一分温暖，初来墨舞国的我怎么也没想到，危急时刻，陪伴在我身边的竟是灵煦。

我又一次进入蝶韵城，这是两军对垒以来的第一次。蝶韵城不知什么时候变了模样，卫兵排列两旁，俨然是个国家的都城。我走在里面，看着这番景象，不觉握紧了拳头，心里却五味杂陈。蝶韵城，一个让我又爱又恨的地方，这里阴冷恐怖，可这里，也让我遇到了欧，遇到了我在墨舞国的第一位老师璘轩之。

"到了，两位，这边请。"一位卫兵把我们引到了蝶韵城一个我从未去过的地方。

这里像个大殿，可同样弥漫着阴冷的空气，让人感觉浑身不舒服。

"请两位稍事休息，等候我王。"带路的人说得客气，我却有了想要一巴掌扇死他的冲动，战争还未结束就自立为王，简直不把魄弦帝王放在眼里！

我心中正愤懑不平，却感觉到灵煦拉了拉我的衣袖，突然看到眼前的一团黑色瘴气渐渐变作人形。

这人身着一袭黑衣，一个金属面具挡住了他大半个脸。不祥的是，他给我一丝熟悉感。

突然黑衣人仰天大笑，笑罢，竟然说道："我的徒儿，有没有时常念起为师啊？为师可是日日夜夜等待着我们相逢的这一天呢。"

"何许人也，竟敢妄自称师！"我厌恶地说。

说罢，我突然记起了什么，向后退了一步，难道……

"徒儿怎能如此放肆。我可是你的恩师啊，我为了这一天，可是等了几十年啊！"他说着，摘下了他的金属面具。

"你？璘轩之！"灵煦惊叫道。

果然是巨大的"惊喜"。

璘轩之原本精致的五官变得狰狞，温暖的语气也变得孤傲冷漠。

灵煦不安地看向我，怕我接受不了这个打击。不过，心中有所感觉的我，没有像上次遇到泽西一样震惊。一次又一次的背叛让我渐渐麻木，面对眼前这个熟悉的身影，我涌上心头的，只是为他而生的同情。

多么可悲！

"我从不愿离开蝶韵城，正是为领导我七乌界的子民，不知你先前是否有所察觉。我将是这盘棋的赢家！"璘轩之说。没错，当我第一次踏入蝶韵城时，我便发觉这地方非同寻常，我不是没有怀疑过行为奇怪的璘轩之，尤其是在前阵子去到他的住处却不见他踪影的时候，而我不愿相信，直至今日。

璘轩之又佯作慈善状："徒儿，墨舞国大势已去，你就过来辅佐为师称王吧，我不会亏待你的！"

我义正词严："你痴心妄想吧！我身为墨舞国公爵，怎会背叛自己的国家，背叛自己的帝王。"

"你要知道，我用心培养你那么久，是因为看到你极具天赋，能助我成就大事。"

"若你是想让我为你所用，那很抱歉，你从开始就打错了算盘。"

璘轩之气得咬牙切齿，说："你别忘了，你的命也是我给的，要不是我那年在蝶韵城救了你，并精心教你舞技，你还会有今天？"

"公爵当以效忠帝王、保国安民为己任，我怎可不分忠贤，与叛贼为伍！"

璘轩之恼羞成怒："徒弟怎会是师傅的对手？若不听劝，就让你领教领教师傅的舞技，你难道还有高过师傅之处？"他说完得意地笑起来。

"有，灵煦已教会了我你永远也不会有的东西。他才是我真正的良师。"我说。

他不服气地大笑，说："有什么是我璘轩之没有的！"

"正气。"

璘轩之听罢大怒，却无话可说。

灵煦说："你当初辛苦救下的人，如今却被你逼得要置你于死地，你难道不觉得自己可怜吗？"

"你……"璘轩之一时语塞，转而向我恶狠狠地说道，"好吧，既然你一意孤行，那就让我们明天在战场上一决高下！"

他说着，我们身后的大门已经打开。

"那我们就走着瞧！我们走。"说完，我招呼一声灵煦大步迈出蝶韵城。心里却有一丝担心，璘轩之这人舞技超群、聪明绝顶，我们将要面对的，绝对是一个强大的对手。

战前，我用颤抖的手给百灵梳洗干净，对它说："你要勇敢啊,千万不能退缩,要死,也得死在最强劲的敌人手下。"

百灵说:"我的天命就是协助你,你就是我生命的全部。"

有时候我觉得百灵似乎是无知的、冰冷的,对一切都视为无物,可有时候我又会觉得它懂得比我多,融在血液里的情感比我更加激烈澎湃。

帝王穿戴好战袍,脸上像湖水一样平静。

姐姐也特意把自己整理得精神十足。

胜者为王,败者为寇。只争今朝。

战鼓声从四面八方强劲传来。

城墙内外的士兵虎视眈眈,犹如饿狼般,准备以命相搏。韶带领着仅剩的两千巫族军队匆匆赶来助战,这让我感激不已,也让我愧疚不已。我给韶深深地鞠了一躬:"韶……你多次相助,瑾感激不尽!恕我无能,没能保住欧的性命,我对不起你们,已不敢奢求你的原谅……"

韶已经知道了弟弟的死,对我说:"欧一直希望自己不枉活一生,这次他战死沙场,也算是实现了自己的一个心愿。作为哥哥,也替他高兴。"在他的请求下,我允许他带领巫族军队,协助我们,镇守墨城北城门。

临出发前,我对所有将士大喊:"此次大战,必胜!誓死保卫墨舞国!"

所有将士震天般地回应:"誓死保卫墨舞国!"我的眼睛湿润了,心中默默念道,各位保重,我们后会有期!

一场厮杀随即拉开序幕!

战争是残忍的,又是变幻莫测的。开战没多久,姐姐带领的部队就发来了求救信,姐姐守卫的是敌军攻击要地。

"我去,你留在这里。"这些天的相处,我对姐姐不再有丝毫的疑虑,姐姐的失而复得更是让我倍加珍惜,我不想再失去她。

"还是我去,你是总指挥,这里怎能没有你?这场大战,任何一个漏洞都可能让敌军攻进来。"灵煦坚决阻拦。

"如果我不去,会后悔终生!"我看着灵煦,一动不动地说。

"那好,这里交给我,你速去速回。"灵煦不再坚持,

我迅速带领一支军队赶去姐姐的阵地。

我们到达时,士兵还在奋力搏杀,我却没有找到姐姐的身影。

"樊·墨呢?"我开始不停地重复这一句话。终于,在一片火光中找到了她。

樊已经永久地离开了。我来到她身边,她的眼睛中还映着无数打斗的士兵,和一个被掏空的我。

我想把她带回去,有一封信从她的袖口滑落。

那是她生前写好的。她已经做好了赴死的准备。

"瑾,能与你重逢已是我莫大的幸福,看到你现在成为整个墨舞国的骄傲,我替你感到高兴。你知道吗?你为百姓担忧的样子,像极了当年我们的母亲。时至今日,我已经了无心愿,死而无憾。"

我不知该说什么好,默默地把信放到自己贴身的衣袋里。这个姐姐来了又走了,像是夏日里一阵清凉的微风,给了我片刻的抚慰,接着消失不见,让我不禁有些怀疑,她是否真的来

到过我的生活。

我带领姐姐和我的军队,向敌军发出了新一波的攻击。这次战争我们眼看就要胜利,可是讯兵却传来噩耗:宫中的帝王被刺杀身亡,被敌军暴尸城外!我一听呆住了,这是我无论如何想不到的,那么多的卫士,怎会让暗杀者得逞,难道天命如此?那一刻,我感觉到了绝望。这就像是一场持久的拔河比赛,裁判已经把哨子放到嘴边,即将吹响我们的胜利,可一晃眼,局势就发生了天大的扭转,输的不仅是比赛,还有人心。

人心散了,就什么都没有了,我心想。

帝王这一走,本就岌岌可危的墨舞国,一下子乱了。

国不可一日无首,将士都推举我统领墨舞国,我明白大家的意思,就是让我登上王位。但是,我毅然决然地把王位让给另外一个人——灵煦,因为我觉得,他比我更适合统领这个国家。

推脱再三,灵煦接受了我的建议,临危受命,更多的是一份责任。仓促中的典礼没有过多的礼节,但重要的是,灵煦成为第八世帝王后,军心明显聚拢,战争又有了新的转机。

可这种高涨的气势并没有持续多久。

好景不长,突然有几个将军和贵族叛变,带走了自己的军队。我们的军队力量一下子减弱,这给刚刚登上王位的灵煦增加了不少压力,与此同时,更大的危险爆发了。

由于少数贵族的叛变,凭我们单薄的军力根本无法抵抗敌军日渐强大的力量,最终,墨城被攻陷。

我和灵煦都清楚，墨舞国已陷入四面受敌、孤立无援的境地！

背负拯救墨舞国使命的我，只有以死相搏，不放过最后一丝希望。

"说好的，我们绝不放弃，直至最后。"我对他说。

"好，我决不退缩。"灵煦还想说什么，却只是抽动了几下嘴角，再也没有说话。

我的泪簌簌流下，多少天来，外面的血光、火光充斥了整个墨城，最终我们还是没能保住，寨营外一片火红。兵器摩擦的冰冷声音不断充斥耳边。

我和灵煦带着仅剩的几千人，昂首挺胸走出去。

璘轩之在对面叫嚣："你们已经输了，还不束手就擒！"

"我站在这儿一刻，就与你斗一刻。就算我倒下，也绝不向你投降！"我说。

万人大军围着几千人，众寡悬殊，甚至可以说，这是一场已知结果的斗争，我们几千人走到战场，说白了就是送死。

宁死，不屈。

就在最后一刻，灵煦拉着我杀了出来！我不理解他的做法，不断地挣扎，想要挣开他。"我们要一战到底，决不能扔下自己的士兵！"

灵煦闭口不语，只是用他强大的力量带着我，来到了墨城的宫殿。那里已经空无一人，早已失去当时的光辉。那把罂粟花形状的王椅，空荡荡的留在那，再也没有了昔日的夺目光彩。

"记得这儿吗？"灵煦问我。

"这不就是墨舞国的宫殿吗？"我反问他。

"不，这是你第一次出现在墨舞国的地方。"

我一愣，不知道他为什么会说出这样的话。

他突然对我使起了舞技，我目瞪口呆，下意识地保护自己。可是他似乎是认真的，不再像平常测试我那样，用一些简单的舞技。

我开始还在拼命地抵抗——但从来没想要反击，我只是不明白，灵煦为什么要突然这样对我。

他不会害我，我知道，他是我现在唯一能够相信的人。

想到这儿，我不再抵抗。从灵煦袖口飞出的枫叶，划过我的手臂，留下了深深的伤口。红色的鲜血瞬间喷涌而出。

灵煦看着我，说："果然是这样！"

"什么？"我看到受伤的自己并没有大惊小怪，也没有在乎从前什么"从来不受伤"的名誉，只是默默地扯下一块布，熟练地为自己包扎好伤口。

灵煦用手抹了一把我滴到地上的血，说："是红色的。"

我充满疑惑："的确是红色的，有什么值得惊奇的吗？"

"你……事实上，像最初我说的那样，你真的不是瑾·墨。"灵煦背对着我，说出了这番让我诧异的话。我看不到他现在的表情，是喜是忧。

"为……为什么？"我的整个身体都在颤动。他为什么不早点告诉我，我心里难以接受这件事。

"当初你来到墨舞国，我就充满了怀疑，因为你与瑾·墨相差甚远，于是就千方百计地调查你，想要拆穿你的真面目。而后来，我了解到，真正的瑾·墨，因为小时候身上有咒语的缘故，血的颜色与他人不同，是蓝紫色。我本想取来你的血，验证你是否是瑾，让真相大白于天下。可是，就在这时，我发现我并没有那么讨厌你，于是就让这个存疑的秘密保持了下去……"我看得到，灵煦也在微微颤抖。

我抓住了他颤抖的手，想要让他平静下来。他却挣脱开，说："我已经知道了将你送回原来世界的方法。回去继续做你的唐糖吧！你不是真正的瑾·墨，是救不了整个墨舞国的。今天是五星连珠的最后一天，是你能回去的最后机会，错失此良机，你可能终生不能回去。"

说着，他就开始做一些奇奇怪怪的动作，渐渐地，在我眼前出现了那团熟悉而刺眼的白光。

我犹豫片刻，脑子里晃过余可然几人的名字，但又下定决心，接着说："不，我要留在这儿。"

"从这儿跳进去，你就能回去了。"灵煦不理会我，继续说。

"那……那你呢？"我着急问，眼泪顺势滑过。

"我生来就是墨舞国的人，就算死，也要死在这儿。我说过，我决不退缩。"

"不……我要与你们同生死！"我说着，听到敌军杀来的声音。

"你快进去！再不走就来不及了。"他把我一把推进了那团白光中，"自己保重。"

我用尽所有的力气哭喊，嘶哑的声音从喉间挣脱而出——"不！"

在慢慢被白光吞没间，我突然想起那三朵能量巨大的罂粟花，也许那三朵罂粟花会帮助灵煦。想到这，忙用舞技将罂粟花传到灵煦手中，模糊的视线中，我依稀见到灵煦接过罂粟花，迈着坚定的步伐踏出大门……

　　那白光好像穿过了我的五脏六腑。像来时那样，一道极强的光线穿过我的瞳仁，快要击碎我的内脏，它有一种莫名的张力，呼唤着我，难以抗拒……

拾 / 如真似幻

她怎能理解所有现实一瞬间变成泡沫的痛楚与懊悔……尤其是在……成为"无限荣耀"的逃兵之后。

"唐糖,唐糖!起床了。哎呀,你还在磨叽什么啊,不知道今天对你有多重要吗?九点四十就要比赛了。"这么娇柔的声音,除了余可然谁还配拥有呢?她的音色,我是怎么也忘不了的。

恍惚间,我又回到了这个熟悉的地方,又见到了熟悉的人。

瞬间,眼角湿润了。多想大声喊一句:我想你们。

那么墨舞国呢?现在的命运如何?其他人是否挽救了它,或者都已经……

墨舞国……

我突然想起什么了,赶紧十指交叉相扣,拇指相绕转动三周后,拇指指尖相对,心中默念"天灵地聪,吾心相通",然后在胸前写一个"韶"字……这是韶教给我的心理沟通法。可是我试了又试,完全没有效果,只是觉得这动作怪异、别扭,甚至生疏。

我有些着急地开始寻找别的证明墨舞国存在过的痕迹。我望了一眼自己的扇子。意念……根本没有起到任何的作用。那扇子终究稳稳地躺在桌子上,丝毫未动。

我慌了神,继续试了巫术、暗杀,甚至连最基础的扇子都使用不了。我又掀开自己的衣服,根本连蓝紫色罂粟花的影子也没有。镜子里,纯黑色眼睛的自己一脸错愕……余可然在旁静静望着我,她一定很诧异我在做什么。

难道说……一切只是一场梦?

我试着慢慢说服自己,只是梦而已。只是梦而已……

可是,又为什么……

我缓缓提起自己的手——欧的指环明明还在!我紧紧握住它,怕它也会与墨舞国的所有一同消失。可它是那么的真切,像墨舞国一样的真切。

是梦,抑或非梦。三年时间莫非就在一夜间流逝,水一般流逝……

心里一团糟,也说不出是怎样的滋味,只有揪心的难受。

"哎,你在干什么呢?快点准备准备,我们就要出发了。"我想八成是余可然实在看不下去我神经错乱般的样子。也是,她怎能理解所有的现实一瞬间变成泡沫的痛楚与懊悔……尤其是在……成为"无限荣耀"的逃兵之后。

"哦哦,好……我马上。"我心不在焉地回了一句话,表示我还清醒。

在余可然的无数遍催促下,我终于迈出了公寓。我这次回过神来,余可然是要带我去哪儿呢?我开始努力回想几年前的事情……

我先是个翻墙逃学的假小子,又莫名其妙地喜欢上了舞蹈,接着又是怎样到了那个亦真亦幻的墨舞国的呢……

我的记忆开始像本回忆录般,一张一张地被往前翻。

我记起来了。

舞蹈比赛。

没错的，倘若赢了这场比赛，我便可以走上艺术的专业之路。

可我准备了些什么舞蹈？我早就记不清了。

候场区，每个人都紧张得恨不能屏住呼吸，这让我想起了使用舞技时的日子。

司雨舜、孙哲也都来了，来为我加油鼓劲。我看了一眼司雨舜，那么熟悉的脸的轮廓，有那么几秒，我就静静地看着他。感动，也怀念，还有一碰就痛的抱歉。

他不是灵煦，怎会理解我的想法？

可是……

他凑过身来，附在我耳边，轻轻说了句："加油，不要想太多了，你很棒。"

那声音像极了灵煦。我又恢复了瑾·墨的性格，低头任眼角的一丝冰凉划过。

我变了好多，变得与墨舞国曾经的那个叫瑾·墨的姑娘一模一样。不，差多了，倘若我真的与曾经的瑾·墨丝毫不差，我又怎会最终走上这样的道路？

眼前又出现了一个熟悉的人，叶姐。

她急急忙忙地跑过来，问我准备好了没有。我连要跳什么舞蹈都不晓得，更别说什么准备没准备了。但我要怎么跟她解释？终于还是点了点头。

我能够清楚地听到她深深地呼出了一口气。

我突然想起了什么似的，就问叶姐："夏熙呢？"

"夏熙？什么夏熙？"叶姐满脸疑惑。

我的脑袋"嗡"的一声。

夏熙，或者我可以叫你紫纯，你就这样忽地来了，又忽地走了……什么也没留下。

当报幕员喊到我名字的时候，我的大脑一片空白，顺手抄起把扇子就往台上走。

我听到叶姐在后面说什么第一个舞蹈是街舞，可是已经晚了，我早就走到了舞台中央。

接下来我要干些什么？

突然，墨舞国的一点一滴在我眼前晃过。我开始下意识地跳起了我的"唐氏扇舞杀技"。

我听不见街舞伴奏的扰乱，只是想起了许多墨舞国的人与事，眼泪不经意间从眼角滑过，太多太多的抱歉未能出口，就已被吞噬在深处。对不起墨舞国和墨舞国的朋友们，尤其是灵熙……实在对不起，大概是我太无能。

我似乎感到我的舞技又有了作用，瞳仁在发热，或许，这是最后一次了。

原来墨舞国的舞技与凡世的舞蹈真的有共通之处。拥有出类拔萃的舞蹈能力，这本是我到墨舞国时最想得到的，然而现在，可能已不是了。

我知道，我会赢。

终章

谁也不能预知未来的路,这比战争还要可怕得多。
不,或者说,自己生活着,本身就是一场未知结果的战争。

多年之后,又一个闷热的夏天里。

我置身于新的城市,行道树的叶子还是绿得发亮。车水马龙的城市里,车笛带来的喧嚣,让每个角落都拥挤不堪。我穿梭在人海中,与汗湿的路人并肩而行,一同奔波在快节奏的生活之中。带着霾的空气渐渐麻木了所有人的喜怒哀乐。

我已是一所顶尖艺校的一员,几年前的那场比赛所带来的胜利,推翻了我人生中所有的不可能。

我再没提起什么墨舞国。几年的时光里,我早已认定有关瑾·墨的一切,只是一个荒诞而漫长的梦,墨舞国也早已被埋在了记忆的最深处。只是有的时候,我会偶然想起几个名字,让我黯然伤神。

现在的我,喜欢一个人待在夜里,等风的温度降到很低,窗帘上渗出惨淡的月光。今晚也一样,收音机中电台节目仍然播放着轻音乐,眼前无尽的黑正被呵欠一点一点地吞噬。微微鼾声在耳边响起,熟睡的是整个城市……

"铃铃铃……"手机铃声突兀响起,把我吓了个激灵,刚刚的诗情画意瞬间灰飞烟灭。我看到屏幕上熟悉的名字,接起电话:"我的余大老板,这么晚了还不睡,你招魂啊?"我用略带沙哑的嗓子，像以前那样与她开玩笑。

"我招你啊，公司的事还没定下呢，别叫什么老板。"余可然直率的脾气在时光的细细筛选下，幸存了下来。她当年果真没走艺术专业，进了经济管理学院。不出什么差错的话，毕业后便会接手她爸爸的公司，成为名副其实的老板。

我只是笑笑，没再说什么，甚至连后半截笑声都被凝固在空气中。

余可然在电话那头也逐渐安静了下来，她说："等孙哲出狱了……我们一起去旅游吧？"她的声音有些颤抖。

"好。"我答应着。

孙哲上到高二就休学了，没参加高考，亲戚为他安排了工作，起初他干得不错，有了稳定的收入，用他自己的话来说，就是"自食其力比上学混日子充实得多"。可好景不长，他与自己上司发生了矛盾，被扣上了"施暴"的罪名，已在监狱蹲了一个多月。

孙哲的心眼儿其实一点都不坏，这点我们最清楚。不知他经历了什么，才让他沦为现在的落魄样子。

我第一次感觉到，社会的变幻莫测比打打杀杀的墨舞国还要可怕，它把曾经烂漫单纯的人都撕扯得不成样子，孙哲就是很好的证明。谁也不能预知未来的路，这比战争还要可怕得多。

不，或者说，自己生活着，本身就是一场未知结果的战争……

我、余可然、司雨舜、孙哲，我们四个终于又凑在了一起，像以前那样。我们终于再也不用躲避老师,再也不用翻墙逃课。望着几个熟悉的身影更加成熟,不禁感叹岁月蹉跎。

晴朗的天空中,连云彩都是耀眼的。暖风里带着太阳的香味和蝉鸣的尾音,而它却不曾为谁逗留在任何地方。

旅行的前几天里,我们背着大大的旅行包,试图找回中学时的感觉,可渐渐地,我们就变成了现实的俘虏。孙哲从狱里出来就像变了一个人,他寡言到令人发寒,眼睛里常常充满孤独与无助,他像是已经掉进了万丈深渊。漆黑中,我们再也拉不到他的手。

几天来一直偏高的温度,今天突然凉了下来,风像薄荷一样,划过我们的皮肤。旅游行程的最后,是去纪念公园,听说里面全是白花花的塑像,我本是对雕塑不感兴趣的,更何况现在脚就像是灌了铅一般沉重,寸步难行。

我被余可然硬生生地拉到了纪念公园里。公园分东、西、南、北四个区。最后,我们踏入了东区。整个东区的风格与公园风格有着极大反差,扑面而来的神秘与庄重在整个公园里显得突兀。

我拖着一双沉重的腿,一屁股坐在旁边的大理石椅上,而余可然兴奋地扎到人堆里,她像是满血复活了似的,饶有兴致地读起了东区简介——

"传说,在世界的尽头,有个叫墨舞国的地方,那里的人们个个都擅长舞技,他们……"

听到这些,我愣在那里许久,好似蜕变成了木头人,整个世界都已与我隔绝。头嗡嗡地响着,我能感到记忆翻滚的炽热。

恍惚间，我走到余可然面前，看着石碑上的简介。

密密麻麻的小字中，我找到了第七世帝王的记载。果然，瑾·墨、灵煦、欧、紫纯、泽西……一个也不少，他们的名字重新在我脑海中出现，而我现在拥有的，只是难以触及的空洞感。

上面记载，瑾·墨在最后决战时负伤而死，死前创下累累战果，功名显著，是墨舞国的女英雄，死后上天将她的尸体化作一片罂粟花。

我难以控制地嘲笑起来，嘲笑这些记载并不属实，也嘲笑自己，或许那才是真正的瑾·墨应该做的，而我却没有那样做。薄荷似的风又一次吹过，像极了泽西的舞技，好像我下一秒就要被冰冻包围……

碑上又说，瑾·墨公爵死后，留下灵煦公爵一人，率仅有的百名将士作战，情况十分危急……

我终于看不下去，忍不住只身向公园深处跑去。里面是雕塑，雕的正是墨舞国的人物。我摸索着他们的眼眸、鼻梁、嘴唇，熟悉，却不带一点温热。

当初墨舞国里的人们，也曾在我面前说说笑笑，也曾与我并肩作战。而今，孤留我一人，在座座白石前泣不成声。

我蹲在瑾·墨的塑像下，把头和眼泪深深埋进双臂里。过了一会儿，余可然追来，她正要蹲下身，却恰好望见瑾·墨的白石雕塑。

她目瞪口呆地站在我和瑾·墨的塑像的前面，指指我，又指指那尊像，诧异地说："太像了……"

此后几天,我沉浸在墨舞国的回忆里,偶尔也会拿出欧赠予我的指环端详、落泪,别人都说我像是中邪了,可事情的原委只有我自己心知肚明。

　　不久,这个夏天就这样渐渐远去,蝉鸣慢慢消失在晚霞中,深绿色的树叶开始泛黄,天空会变得离我们很远很远,张开手,也难以拥抱它。

　　司雨舜来告诉我,他要开始创业了。他说想要新的生活。我说,我也是。聊天中,我偶然问起他:"司雨舜,你……相信有另一个世界的存在吗?"

　　几秒钟后,司雨舜的目光变得像灵煦一样坚定,他用同样像极了灵煦的语气,简单地吐出两个字:"相信……"

图书在版编目（CIP）数据

梦舞墨城/萧惟丹著.—济南:山东文艺出版社,2016.8
ISBN 978-7-5329-3440-9

Ⅰ.①梦… Ⅱ.①萧… Ⅲ.①长篇小说—中国—当代 Ⅳ.①I247.5

中国版本图书馆 CIP 数据核字(2016)第 109252 号

梦舞墨城

萧惟丹 著

主管部门	山东出版传媒股份有限公司
出版发行	山东文艺出版社
社　　址	山东省济南市英雄山路 189 号
邮　　编	250002
网　　址	www.sdwypress.com

读者服务	0531-82098776（总编室）
	0531-82098775（市场营销部）
电子邮箱	sdwy@sdpress.com.cn

印　　刷	山东德州新华印务有限责任公司
开　　本	880mm×1230mm　1/32
印　　张	8.5　插页/2
字　　数	180 千
版　　次	2016 年 8 月第 1 版
印　　次	2016 年 8 月第 1 次印刷
书　　号	ISBN 978-7-5329-3440-9
印　　数	1~3000
定　　价	25.00 元

版权专有，侵权必究。如有图书质量问题，请与出版社联系调换。